Besos sabor a chocolate

Clara Ann Simons

Besos sabor a chocolate

Clara Ann Simons

Registrado el 5/11/2023 con el número **2311056025984**

Para más información, o si quieres saber sobre nuevas publicaciones, por favor contactar vía correo electrónico en claraannsimons@gmail.com

Twitter: @claraannsimons1
Instagram: claraannsimons
Tiktok: @claraannsimons

Índice

Capítulo 1

Alicia

Es real. Apenas lo puedo creer, pero es real. Está ocurriendo de verdad.

Cierro los ojos. Me tiemblan las rodillas.

Respiro hondo y trato de relajarme mientras coloco con cuidado cada uno de los bombones en la vitrina. Me sitúo al otro lado del mostrador, desde el pasillo, observándolos como lo haría un posible cliente.

Ojalá mi abuela pudiese verme. Sé que estaría muy orgullosa. Al fin y al cabo, todo lo que he aprendido sobre el chocolate me lo enseñó ella.

Miro hacia arriba y contengo las lágrimas. No es un día para ponerse triste o melancólica, sino para celebrar.

Aquí estoy. Alicia Martínez, hija de inmigrantes, con su propia tienda de chocolates. Nada más y nada menos que en los legendarios Almacenes De Sallow.

Y en Navidad.

Si esto no es el destino echándome un cable o mi abuela ayudándome desde el más allá, no sé qué puede ser. La gente se mata por tener una tienda en este sitio y yo lo he conseguido con veintisiete años.

Es mi gran oportunidad. No puedo cagarla.

Más que nada, porque si lo hago estaré pagando las deudas del banco hasta el día del juicio final.

Miro alrededor y resulta difícil aceptar la realidad. Esto es la realeza del comercio. La joya de la corona de la ciudad. Observo el suelo pulido, las altísimas columnas, las relucientes lámparas. Durante generaciones ha mantenido su reputación como el lugar para dejarse ver, sobre todo en Navidades. Si eres alguien en esta ciudad, tienes que venir a este centro comercial.

Y si no te puedes permitir comprar un bolso de un diseñador famoso, seguro que podrás pagar una pequeña caja de bombones. El caso es que tus conocidos te vean gastar dinero en este sitio. Sonrío para mis adentros: una chica de pueblo rodeada de las marcas más caras.

El aroma azucarado de mi chocolate se mezcla con un olor indeterminado, quizá a canela y pino, que hacen flotar en los bulliciosos almacenes para crear el ambiente perfecto.

Es como estar dentro de un cuento de Navidad. Todo está planificado al milímetro para que abras la cartera y dejes aquí tu sueldo. Desde la decoración, al sonido de los villancicos navideños que resuenan de fondo. La familia De Sallow lleva generaciones utilizando pequeños trucos para invitarte a comprar.

Media hora hasta la apertura. Me aliso el delantal y observo a los dependientes de otras tiendas a mi alrededor, afanándose por tenerlo todo listo para la entrada de los clientes.

Y si los almacenes parecen un cuento de Navidad, la mujer que entra en la tienda de ropa frente a mí, es la perfección. Debe ser una de las ayudantes de la dueña porque, en cuanto la ven, las dependientas se apresuran a alisar sus faldas y ajustar las etiquetas con su nombre.

Joder, con lo que a mí me gustan las típicas reinas de hielo. Ese aire de superioridad y poder me vuelve loca porque luego suelen derretirse en la cama.

Me detengo en una fresa recién bañada en chocolate y casi la termino estropeando. El severo traje negro que viste se ciñe a su cuerpo con perfección, resaltando cada curva. Lleva la melena rubia recogida en una estricta cola de caballo y ese cuello… Mierda, deslizaría la punta de mi lengua por ese cuello hasta el fin de mis días.

Céntrate, Alicia.

Pero es que esa mujer destila poder e intimidación detrás de su figura aparentemente frágil. Cada vez que señala algo mal colocado en uno de los expositores, las dependientas pierden el color en su rostro.

Y el destino debe estar de mi parte, porque la encargada de esta planta, la asistente de la dueña, o el cargo que tenga, gira sobre sus talones y se dirige hacia mí.

Su rostro es indescifrable y consigue que se me acelere el pulso. Vale, puede que esto último tenga algo que ver con las fantasías que se cruzan de pronto por mi cabeza. Ya dice mi amiga Rosa que llevo demasiado tiempo sin novia.

—Buenos días —saluda seria mientras inspecciona la vitrina principal.

—Buenos días, ¿te gusta el chocolate? —contraataco con mi mejor sonrisa.

—¿Qué?

La mujer me mira como si le acabase de decir algo en Arameo. Sé que cuando me pongo nerviosa todavía se me nota algo de acento Mexicano, pero apenas nada. No entiendo qué le ocurre. O quizá no oye bien. El caso es que sus ojos azules me observan con una intensidad que me derrite, aunque esos labios tan bonitos están desprovistos de cualquier atisbo de sonrisa.

—Chocolate, que si te gusta el chocolate —repito, algo más despacio.

Su mirada ahora es aún más desconcertante. Frunce el ceño y me observa perpleja.

—¿Todos los documentos legales están en orden? —suelta por fin, rompiendo el incómodo silencio.

—Todos. Repasados y vueltos a repasar por un ejército de abogados del centro comercial —le aseguro, tratando de poner una sonrisa seductora.

No lleva anillo en el dedo. Eso es buena señal.

Observa la vitrina principal con detenimiento, frunciendo unas cejas en las que no hay ni un solo pelo fuera de lugar. Yo, por mi parte, me centro en sus manos. Dedos largos, uñas cortas y cuidadas. Culo perfecto. Bueno, eso no forma parte de las manos, pero no puedo evitar prestar atención.

—Está todo muy bien puesto —afirma de pronto, asintiendo con la cabeza mientras se separa de la vitrina.

Por un momento, estoy a punto de responderle que lo que está muy bien puesto son todas las partes de su cuerpo, pero no creo que sea el momento adecuado.

—Estos bombones artesanos harán las delicias de los paladares más exigentes —le aseguro, manteniendo el tono más profesional posible.

—Tienen buena pinta.

—Y saben mucho mejor —le indico con un susurro, cogiendo uno de ellos para ofrecérselo.

De nuevo me mira extrañada, casi como si pretendiese envenenarla o algo. Aun así, no sé si habrá sentido el mismo cosquilleo que yo en la parte baja del vientre cuando nuestros dedos se han rozado.

—Gracias —responde dando un bocado mientras mira nerviosa el reloj y abandona la tienda.

La observo alejarse por el amplio pasillo y no puedo evitar soltar un suspiro que no sabía que estaba conteniendo cuando muerde el último trozo de bombón que le quedaba. Joder, espero que venga a inspeccionar la tienda cada mañana.

Para mi desgracia, las puertas de los grandes almacenes se abren y una marabunta de gente se adentra en su interior. Las primeras dos horas vuelan, el goteo de clientes es constante y me arrepiento de no haber preparado más bombones de las variedades más populares.

Y puede que sean imaginaciones mías, pero juraría que la mujer que estuvo inspeccionando mi tienda esta mañana ha pasado dos o tres veces de manera distraída por delante. Y en cada una de las ocasiones ha ralentizado el paso.

Quizá la atracción que siento no sea unilateral.

A media mañana la veo de nuevo. Está parada frente a un gran árbol de Navidad que se alza orgulloso al lado de una de las escaleras mecánicas. Dirige una mirada pensativa hacia mi tienda y me encuentro con sus hermosos ojos azules.

Sonrío. Ella disimula. Pretende estar muy interesada en el movimiento ascendente de las escaleras.

Sin poder evitarlo, no me lo pienso y preparo dos tazas de chocolate caliente. Añado un poco de caramelo, canela, algo de nata montada fresca y me acerco a ella.

Levanta la vista y frunce el ceño con sorpresa al verme a su lado.

—¿Qué…?

—Pensé que quizá te vendría bien una taza de chocolate caliente. Es artesano, receta de la familia —añado con un guiño de ojo.

Sus mejillas se tiñen de un ligerísimo color carmesí y mi mente me traiciona imaginando esa misma tonalidad en su escote mientras hacemos el amor. Siento la presión de mis pezones sobre la tela del sujetador.

Céntrate, Alicia.

Vacila un instante, como si no supiese si se le permite recibir un pequeño obsequio durante las horas de trabajo. Es posible que este centro comercial tenga una política muy estricta con sus empleados y la tirana esa que lo dirige no les deje tomar nada durante la jornada laboral.

—Te prometo que no está envenenado —bromeo.

—¡Guau! —suspira tras dar el primer sorbo, y una deliciosa mancha de chocolate se forma alrededor de sus labios que me gustaría limpiarle con la lengua—está buenísimo—añade.

—Está bien darse un capricho de vez en cuando —susurro levantando mi taza a modo de brindis—. Me pregunto si ha pillado el doble sentido de mi frase.

Bebemos un rato en silencio, aunque puedo jurar que he visto el primer atisbo de sonrisa en sus labios. Se comporta siempre con una elegancia discreta, su columna muy recta y la barbilla alta

Demasiado pronto, termina su taza de chocolate y me la devuelve con una ligerísima sonrisa.

—Gracias, se me hace tarde y tengo mucho que hacer —agrega antes de girar sobre sus talones y tomar las escaleras mecánicas hacia el piso de arriba.

—¡Espera! —grito—. ¿Cuál es tu chocolate favorito?

Ahora sí sonríe. Entorna los ojos divertida antes de responder.

—Chocolate negro con un toque de naranja —responde mientras dice adiós tímidamente con la mano.

Regreso a mi tienda y el resto de la jornada se pasa volando. Empiezo a quedarme sin provisiones, así que aprovecho la hora de comer para cerrar la tienda y retirarme a la pequeña cocina de la trastienda para preparar las variedades que más me han demandado.

Mientras lo hago, derrito mi mejor cacao y doy forma de corazón a media docena de bombones de chocolate negro a los que añado un toque de naranja, canela, vainilla y clavo.

—Creo que tienes una admiradora —bromea mi amiga Rosa, a la que he contratado para que me ayude durante la temporada Navideña.

Alzo los ojos y ahí está otra vez la rubia, inspeccionando la tienda de enfrente. Dirige hacia mí una mirada distraída, pero esta vez no la retira cuando nuestros ojos se cruzan.

—Son para ti —indico, entregándole una pequeña caja de bombones con un lazo rojo—. Espero que te gusten, los he preparado hace un rato.

De nuevo esa sonrisa. Mitad sorpresa, mitad timidez disimulada. Ese ligero rubor al recibir la caja de bombones. Si va a supervisar las tiendas cada día, será una distracción muy grande. De eso estoy segura.

La sigo con la mirada mientras se aleja. Gira la cabeza y sonríe al ver que no le quito ojo y un "gracias" queda flotando en el aire antes de perderse entre la multitud.

Capítulo 2

Sidney

Las alegres notas de los villancicos resuenan en todo el centro comercial. Mi padre siempre lo tuvo muy claro. "Los villancicos hacen que la gente saque la cartera" me repetía una y otra vez. Más de la mitad de nuestros beneficios provienen de la época navideña y todo está preparado para invitar a las compras.

Donde nuestros clientes ven luces de colores y un gran árbol de Navidad, yo veo dinero.

Por desgracia, también es la época de más trabajo para mí. Siempre hay envíos que coordinar, empleados que supervisar, previsiones de ventas. Como decía mi padre, "el tiempo libre no paga las facturas, ya descansarás cuando alcances tus metas". El problema es que nunca me dejó claro cuáles son esas metas.

Me aprieto más la coleta y respiro hondo, lista para la batalla. A veces pienso que es como si el fantasma de mi padre merodease todavía por el centro comercial, juzgando cada una de mis decisiones.

Me enseñó desde muy pequeña que debo ser fría, levantar muros a mi alrededor. No mostrar ninguna debilidad para que nadie se aproveche de mí. "Los empleados deben temerte" repetía cuando empecé a trabajar. "No son tus amigos. Si quieres un amigo, cómprate un perro" solía añadir.

Al llegar al primer piso para revisar las nuevas colecciones de moda, el aroma a cacao flota en el aire. Por un instante me detengo, vuelven a mi mente recuerdos de cuando era una niña y mezclaba junto a mi abuela trocitos de chocolate en la masa de las galletas. Ecos de un pasado más sencillo en el que las vacaciones de Navidad significaban algo para mí.

Sacudo la cabeza en un intento por sacar esos pensamientos. No hay tiempo para ese tipo de cosas. Por suerte, Claire, una de mis asistentes, me devuelve rápidamente a la realidad.

—Buenos días, señorita De Sallow —saluda, intentando seguirme el paso—. Parece que la nueva tienda de chocolates está consiguiendo muy buenas reseñas por internet —informa—.

Detengo el paso y mi vista se escapa a la mujer con el delantal morado que ordena filas de bombones tras una vitrina. Su melena se mueve de lado a lado mientras bromea con su compañera y regresan a mi estómago esas estúpidas mariposas que sentí ayer.

—Parece que la pobre chica se ha quedado despierta casi toda la noche preparando bombones. Ayer se le acabaron a media tarde —indica Claire.

—Ah, qué bien —respondo con frialdad.

Prefiero no pensarlo y acelero el paso. No tengo tiempo para ese tipo de tonterías.

—Se rumorea que pidió un préstamo enorme para abrir la tienda. Era el sueño de toda una vida, pero como le salga mal está muerta —añade Claire, que está especialmente habladora esta mañana.

Ahora sí me detengo. No sé por qué lo hago, pero me detengo.

Observo a Alicia colocar los últimos bombones con una precisión milimétrica y no puedo evitar fijarme en las enormes ojeras. Se le ha caído uno de los bombones sobre la mesa, se ríe y se lo lleva a la boca. Por algún motivo que desconozco, esbozo yo también una sonrisa.

—Háblame de ella —solicito a mi ayudante.

Claire parece sorprendida, pero se recupera de inmediato.

—Su nombre es Alicia Martínez. Su familia entera se mudó desde México cuando tenía siete años, buscando mejores oportunidades. Los últimos años ha vivido con su abuela, que fue la que le enseñó lo de hacer chocolates y esas cosas —explica.

—¿Su abuela?

—Yo no te he dicho nada, ¿vale? Sin embargo, se rumorea que sus padres no se tomaron nada bien cuando salió del armario. Su propia hermana se niega a hablar con ella. La aislaron por completo. Sobrevivió haciendo un montón de trabajillos, aunque nunca renunció a su sueño de abrir una tienda en este centro comercial —añade bajando la voz.

Una inesperada punzada se instala en mi pecho. La relación con mi familia siempre fue tensa. Desde fuera parecíamos perfectos, pero en cuanto rascabas la superficie podías ver que para mi padre, el dinero y el éxito siempre fueron lo primero. Después sus amantes, siempre mucho más jóvenes. Las descartaba cada pocos meses, aunque ninguna de ellas se iba con las manos vacías. Luego estaba el golf, su caballo de carreras, el yate, los coches. Al final de la lista mi madre y yo.

Nunca tuvimos una verdadera conexión familiar, pero al menos, no le importó lo más mínimo cuando le dije que me gustaban las mujeres.

—Pobrecita, su abuela murió hace solo tres meses —continúa Claire—. Nunca llegó a verla abrir la tienda.

Susurro un rápido "joder" que espero que mi asistente no haya escuchado y dirijo de nuevo la mirada a Alicia. Charla con una madre mientras que una niña de unos cuatro años señala con ansia la vitrina, dejando las huellas de sus dedos sucios en el cristal.

—Vale, mantenme informada de cómo se va adaptando —solicito—. Debo asegurarme de que todos los nuevos negocios del centro comercial empiezan con buen pie —disimulo.

Claire asiente con la cabeza y abre los ojos ante mi repentino interés mientras se pone en movimiento para preparar unos informes que le he pedido.

Pretendo alejarme, pero mi mirada se desvía de nuevo hacia su tienda. Hay algo en esa mujer que me atrae como un imán, y no hablo solo de su belleza física, que es innegable. No lo sé, quizá sea esa sonrisa, el brillo en los ojos a pesar del cansancio. La manera en que interactúa con los clientes. Esa calidez que contrasta con mi actitud fría y formal, casi gélida.

No. No tengo tiempo para distracciones.

Pero cuando estoy a punto de darme la vuelta, siento una cálida mano en mi hombro. Me giro y ahí está, como transportada por arte de magia. ¿Cuánto tiempo ha durado mi ensoñación?

—Pensé que te apetecería uno de estos para endulzarte el día. Pareces estresada —indica mientras tiende la mano con un delicioso bombón envuelto en una servilleta de papel.

Antes de pensarlo demasiado, acepto la oferta y dejo escapar un vergonzoso gemido en el momento en que el chocolate negro se funde con un regusto a naranja, saturando mis papilas gustativas.

—Está… está buenísimo —admito, todavía degustándolo.

—He añadido a la receta de ayer algo más de pimienta para darle más sabor. Me pareces una mujer intensa —añade con un guiño de ojo.

Siento cómo un rubor involuntario sube por mis mejillas y trato de recordarme a mí misma que tan solo está siendo cortés por quién soy. No es que tenga ningún interés romántico en mí. Supongo que simplemente le interesa tenerme contenta.

—Ya me encargo yo de tirar la servilleta de papel a la basura —expone, y cuando nuestros dedos se rozan, el estúpido cosquilleo vuelve a aparecer. Esta vez demasiado cerca de mi sexo.

Mierda. Esta mujer es capaz de derribar mis defensas con demasiada facilidad. Espero que no sea consciente de ello porque es a la vez aterrador y estimulante.

—Escucha —llama cuando ya me estoy alejando—. ¿Qué te parece si tomamos un sándwich rápido en la cafetería de enfrente, al salir del trabajo? Hoy no me apetece preparar la cena —propone.

Y el problema es que antes de que mi mente pueda procesar esa información, mi corazón susurra un "me encantaría" que me deja temblando como una idiota.

Capítulo 3

Alicia

Sé que no hay razón para estar nerviosa, pero lo estoy. No puedo evitarlo. Los últimos clientes rezagados pasar por delante de la tienda mientras me apresuro a recoger todo lo rápido que puedo. Cuando le pregunté a Sidney si quería cenar conmigo, inmediatamente pensé que me estaba precipitando. Supuse que me daría largas, que se disculparía de una manera educada, poniendo cualquier excusa. Su respuesta positiva me dejó temblando.

Vale, tengo claro que no es una cita ni nada por el estilo. Solo somos dos mujeres tomando algo tras el trabajo. Es posible incluso que la tirana de su jefa obligue a los supervisores del centro comercial a ser amables con las personas que tenemos alquilado alguno de sus locales. Puede que Sidney lo lleve a rajatabla. Pero, aun así…

Me muero de ganas de sentarme frente a ella. De ir más allá de las breves conversaciones formales que hemos mantenido hasta el momento. Más allá del trabajo. Quiero llegar a la verdadera Sidney, a la que se esconde detrás de esa mujer que a veces parece que se ha metido un palo de escoba por el culo de lo derecha que camina.

Por algún motivo, estoy convencida de que es como un *coulant* de chocolate, hay que romper el exterior para llegar al tesoro del chocolate derretido que habita en su interior.

Tras echar un último vistazo para asegurarme de que todo está bien cerrado, hago una rápida parada en el baño para revisar el pelo y alisar la blusa. Trato de repetirme a mí misma que tan solo somos dos mujeres que trabajamos en el mismo centro comercial, que solo es una cena informal, pero es difícil engañarme a mí misma.

En cuanto cruzo la calle y me acerco a la cafetería, la observo. Ya se ha sentado en una de las mesas, junto a la ventana, y parece estudiar la carta con detenimiento. Ha desabrochado al menos un botón de la blusa más de lo que suele ser habitual en ella y, de inmediato, mi mente imagina situaciones que me ponen muy nerviosa. Con el pelo suelto, su imagen es muy diferente a la que lleva en el trabajo, pero consigue acelerarme el pulso. Creo que guapísima se queda demasiado corto para describirla.

Hago una pausa para respirar hondo antes de cruzar la puerta, trato de calmar mis nervios mientras zigzagueo entre las mesas de la cafetería. En cuanto me acerco,

Sidney levanta la vista de la carta y su rostro parece iluminarse. Se alza de inmediato para saludarme y me sorprende apartando mi silla para que me siente.

—Espero que no te importe, ya he pedido el vino —anuncia con un toque de timidez poco habitual en ella.

—En absoluto —respondo con mi mejor sonrisa.

Al poco tiempo llega el camarero, un tipo larguirucho y con nariz aguileña. Coloca a nuestro lado una botella de vino blanco y Sidney levanta la copa en un brindis silencioso que yo imito de manera apresurada antes de dar un largo trago.

Parece estar nerviosa. Devora la cesta de pan y pronto tenemos que pedir otra. Mantenemos una conversación neutra, es como si el tiempo inusualmente cálido para esta época del año, nos pareciese la cosa más interesante.

Me explica que en el equipo directivo del centro comercial están preocupados con que la ausencia de nieve pueda causar menos ventas. Dice que la gente de esta ciudad suele asociar la nieve con la época navideña y la época navideña con las compras. Es entonces cuando la conversación se vuelve un poco más personal.

Sin venir a cuento, me entero de que su familia siempre la presionó mucho. Se esperaba de ella que fuera la mejor en todo; las notas, los deportes, la música. Lo que fuera. La presión fue en aumento cuando llegaron los años de adolescencia. Su mirada se torna triste al relatar cómo sus días eran un desfile constante de actividades extraescolares, clases particulares y preparación para entrar en una universidad de élite.

—Todo eso me llevó a ataques de ansiedad en la universidad y a un desorden alimenticio —admite con pena.

—Joder.

No se me ocurre nada más que decirle. No es que la relación con mis padres sea precisamente un modelo a seguir. A partir de los dieciséis viví con mi abuela, pero al menos, nadie me presionó de ese modo.

—Mi infancia fue todo trabajo y nada de diversión —afirma con nostalgia—. Nunca tuve tiempo para hacer amigos, ni siquiera para… —se interrumpe a sí misma, jugueteando con la servilleta.

—¿Relaciones? —pregunto.

Asiente lentamente con la cabeza y encoge los hombros. Y por algún motivo siento una pequeña punzada de dolor al imaginar a una joven Sidney perdiéndose un montón de cosas divertidas. Sin paseos con las amigas por el centro comercial, sin películas. Sin primeros besos a escondidas o desengaños amorosos. Tan solo un esfuerzo interminable para alcanzar niveles imposiblemente altos.

—Me besaron por primera vez a los veintidós años en Harvard, así que imagínate —admite.

—Buah, ¿fuiste a Harvard? Tus padres deben estar muy orgullosos. Yo no fui a la universidad —reconozco, cogiendo su mano por encima del mantel al ver que su mirada sigue triste.

—Mi padre murió hace unos años y en el caso de que estuviese orgulloso, nunca me lo dijo. Más bien todo lo contrario —confiesa.

—Yo nunca fui a la universidad, pero ya cuando era una adolescente tenía una vena emprendedora —interrumpo, buscando alguna anécdota graciosa para animar la cena antes de que alguna nos pongamos a llorar—. Me echaron una semana del instituto por vender bombones caseros en el recreo.

Me dedica un atisbo de sonrisa y aprovecho para entrelazar nuestros dedos, apretando ligeramente su mano. Su piel es tan suave que parece sintética.

Mantenemos una conversación más animada el resto de la cena. Hablamos de libros, de películas y finalmente de vacaciones. No sé cómo sale ese último tema, pero mientras le digo que mi sueño es poder ir un día a Europa ella parece haber visitado ya medio mundo. Eso, o me está vacilando.

—Joder, tu jefa te debe pagar mucho dinero para poder permitirte tanto viaje —bromeo.

Sidney se queda muy seria un instante. Frunce el ceño, pero pronto sonríe de nuevo y se encoge de hombros antes de beber un sorbo de vino. Y juro que esa manera que tiene de encogerse de hombros, en un movimiento rápido, casi tímido, es suficiente para que mis piernas tiemblen cada vez que lo hace.

—Me han dicho que tu sueño era abrir una chocolatería en los almacenes De Sallow —susurra cuando pedimos el postre.

—Mi sueño es abrir una cadena de chocolaterías por todo el país. Quizá por todo el mundo. Pero debo empezar por algún sitio y estos grandes almacenes son un icono dentro de la ciudad de Nueva York —le explico muy seria.

Se inclina hacia mí, con los ojos muy abiertos, mientras le detallo los planes que he imaginado un millón de veces en mi cabeza. Presta tanta atención que, a veces, me asalta la duda de que no me los quiera copiar.

—Ojalá yo tuviese tanta ilusión por el futuro —suspira.

Otra vez ha regresado esa tristeza en su mirada. Por suerte, el camarero llega con el postre que he pedido y, esta vez, sí me alegro de que nos interrumpa.

—Este postre lo he diseñado yo. A ver si te gusta —anuncio, cogiendo un trozo de tarta con chocolate fundido y llevándolo a su boca.

Cierra los ojos y juraría que hasta se le ha escapado un ligerísimo gemido. Eso o ha sido mi imaginación. En todo caso, debo cerrar varias veces las piernas de lo nerviosa que me ha puesto.

Céntrate, Alicia.

—Creo que alguien por aquí tiene un poco de adicción al chocolate —bromeo con un guiño de ojo.

—El buen chocolate es mi debilidad. La forma más rápida de seducirme —admite con una sonrisa por la que se podría morir.

Trago saliva y casi se me corta la respiración al escuchar la palabra "seducir", pero si sirve el chocolate, tengo una ventaja competitiva muy importante.

—Me acabas de decir que este postre lo has diseñado tú, pero ¿quieres probarlo?

Asiento rápidamente con la cabeza, como si no lo hubiese probado un montón de veces, y cuando estoy a punto de pedir otra cucharilla, me ofrece la suya cargada con el delicioso chocolate. Ahora soy yo la que lucha por no dejar escapar ningún gemido.

—Está bueno, ¿eh?

—Puf —admito.

Y no puedo continuar hablando porque su pie descalzo roza mi tobillo por debajo de la mesa, dejándome sin habla.

—Joder.

—¿Te ocurre algo? —pregunta en tono burlón.

—¿Sería muy atrevido si te invito a mi apartamento a tomar la última copa? —propongo.

—No creo que sea atrevido —responde subiendo el pie hasta colocarlo cerca de mi sexo.

Por suerte para mí, he alquilado un pequeño apartamento de una habitación en una callejuela cerca del centro comercial. Al morir mi abuela, no fui capaz de seguir viviendo en la misma casa, así que preferí mudarme a otro sitio.

Al llegar, preparo de manera apresurada dos mimosas, aunque al menos yo, voy ya bastante contenta con el vino de la cena. Creo que Sidney va más contenta aún. Nos acurrucamos en el sofá del salón y permanecemos en silencio, como si ambas tuviésemos miedo de romper el hechizo si pronunciamos una palabra.

Y, con un suspiro, se quita los zapatos antes de subir las piernas en el sofá y apoyar la cabeza en mi hombro. Coloco dos dedos bajo su barbilla para girarla hacia mí, atraída como un imán por sus labios. Sonríe, entorna los ojos meneando ligeramente la cabeza y se inclina para darme un beso suave, lento, maravilloso.

Es solo un roce de nuestros labios, una caricia, pero está tan cargado de energía que consigue que todo mi cuerpo tiemble.

—¿Qué tal? —pregunta.

—¿Debo responder?

Sonríe y me quita la copa de la mano, dejándola sobre la mesa antes de colocarse a horcajadas sobre mis piernas y rodear mi cuello.

Nos besamos con pasión. Su lengua recorre mis labios, abriéndose paso para buscar la mía en una danza salvaje mientras desabrocha los botones de mi blusa y tira de ella hacia arriba.

Con torpeza, hago lo mismo. Desabrocho un precioso sujetador negro de encaje y la visión de sus pechos desnudos es maravillosa. Muerde su labio inferior mientras coge mis manos para llevarlas a sus senos. Cierra los ojos, arquea la espalda con un largo suspiro, como si el roce de mis dedos en sus pezones fuese suficiente para borrar toda la tensión del día.

Pronto, yo también me desprendo de mi sujetador y Sidney acaricia mis pechos con los suyos. Su pálida piel contrasta con la mía y, entre jadeos, se levanta ligeramente, desabrocha sus pantalones y coge mi mano derecha.

La desliza por debajo de su ropa interior hasta hacerla llegar a su sexo y me sujeta con fuerza, comenzando a moverla lentamente con la suya mientras mis dedos recorren su excitación.

—¿Te gusta? —susurra entre jadeos.

—Joder, Sidney.

Cabalga sobre mis dedos como si su propia vida dependiese de ello y cuesta creer que esta mujer que gime de manera casi salvaje sobre mí, sea la misma ejecutiva estirada que deambula por el centro comercial controlándolo todo.

—¡Fóllame! —ordena, cogiendo mi melena y tirando ligeramente de ella.

Excitada, la penetro con fuerza, acariciando sus hermosos pechos con la mano izquierda, volviéndome loca con cada gemido que sale de su garganta.

—¡Joder! —chilla antes de quedarse muy quieta, abrazada a mi cuello, mientras intenta recuperar la respiración.

—¿Te gustó?

—Ha sido increíble —sisea—. Ahora colócate entre mis piernas, necesito sentir tu lengua.

Creo que me quedo con la boca abierta, pero ¿quién discute una orden así?

Pronto, las dos estamos completamente desnudas. Sus largas piernas abiertas sobre el sofá mientras yo me coloco de rodillas entre ellas, saboreando su sexo como si fuese el mejor de los manjares.

No sé el tiempo que estaríamos haciendo el amor. Creo que las dos nos teníamos muchas ganas. Su cuerpo es tremendamente receptivo; cada caricia, cada beso en alguna de las zonas más sensibles, la hace temblar. Y la manera en que lame mi clítoris o lo succiona entre sus labios es, a falta de una palabra mejor, perfecta.

Ya en la cama, apoyada sobre su pecho, somnolienta y agotada, le doy suaves besos en la clavícula mientras ella acaricia mi melena. Y cuando cubre nuestros cuerpos desnudos con la sábana, me invade una sensación extraña. Algo que no me atrevo a nombrar. Demasiado precipitado para ponerle una palabra, pero creo que me estoy quedando muy pillada por esta mujer.

—Felices sueños, preciosa. Que descanses —susurra antes de quedarse dormida.

Capítulo 4

Sidney

Me despierta un extraño vacío. Palpo el colchón y entre las sábanas, tan solo encuentro rastros del calor del cuerpo de Alicia. La luz del sol que se cuela por las cortinas ilumina ya el dormitorio. ¿Cuándo fue la última vez que me sentí tan bien durmiendo junto a alguien?

Parpadeo, estiro los brazos por encima de la cabeza y me levanto en busca de una de las camisetas de Alicia. Desde la cocina llega un aroma a chocolate y café que me atrae como en una de esas escenas de dibujos animados en las que el personaje empieza a levitar siguiendo el olor.

Mientras me asomo a la puerta, me asalta de nuevo esa duda. Alicia está de espaldas a mí, distraída mientras prepara lo que desde aquí parecen unas galletas. Nuestra noche juntas fue increíble, el sexo espectacular y los momentos de intimidad que le siguieron me transportaron al paraíso.

Y, una vez más, empiezo a quedarme colgada de una mujer que quizá no quiere nada serio. Al final, siempre abro mi corazón demasiado pronto, doy demasiado de mí y me acaban haciendo daño.

Como si hubiese percibido mi presencia, Alicia se gira y me dedica una sonrisa tímida. Tan solo un delantal cubre su cuerpo desnudo y está absolutamente preciosa.

—Buenos días, dormilona —saluda—. Iba a llamarte Bella durmiente, pero con el pelo así enmarañado te pareces más a Medusa —bromea.

—Espero que no les quede mucho a esas galletas que huelen tan bien —suspiro.

—Ya casi están. ¿Tienes hambre? Te puedo dejar lamer la cuchara —indica, sacudiendo en el aire una cucharilla con la que estaba revolviendo el chocolate caliente.

Me acerco a ella y, cogiendo su muñeca con suavidad, me llevo la cuchara a la boca sin dejar de mirarla.

—Está increíble —suspiro mientras saboreo el chocolate derretido.

Alicia se sonroja, entornando los ojos y se inclina para comprobar el horno, momento que aprovecho para acercarme a ella y rodearla con los brazos antes de besar su cuello.

—Sabes que acercarse sigilosamente a una mujer rodeada de cuchillos no es una buena idea, ¿verdad? —susurra y su comentario me hace sonreír sobre la suave piel de su cuello.

—Soy adicta al riesgo.

Se ríe, y es una risa ligera, despreocupada. Auténtica.

—¿Qué tipo de riesgos? —pregunta dándose la vuelta y deslizando su dedo índice alrededor de uno de mis pezones.

—Estaba más bien pensando en desayunar en estos momentos —confieso encogiéndome de hombros—. Aunque soy flexible si hay que cambiar de planes.

—A mí se me ocurren algunas formas de abrir el apetito mientras las cookies se enfrían —sisea recorriendo mis labios con la punta de uno de sus dedos.

Joder, a este paso llegaremos tarde al trabajo seguro.

—Suena muy tentador, pero te recuerdo que, por muy cerca que estemos del centro comercial, abrimos en una hora —apunto con una mueca.

—Muy cierto, y yo debo vender muchos bombones para poder pagar el alquiler y que esa bruja no me eche —añade.

No digo nada, pero ya es la segunda vez que hace ese comentario y me parece un sentido del humor algo extraño.

—Te tomas muy en serio lo del chocolate, ¿no? Incluso cuando lo preparas para ti misma —indico al ver la mezcla que ha estado preparando.

—¿Sabes? Los Aztecas creían que el árbol del cacao fue un regalo del dios Quetzalcoatl. Quería que los hombres conociesen un alimento valorado por los mismos dioses. Estaban convencidos de que sus granos tienen propiedades mágicas y era tan valioso que se usaba como moneda.

—No lo sabía —confieso sorprendida.

—El chocolate merece pasión, no producción en masa. Bien preparado, tiene el poder de curar corazones.

—¿Y estás comprobando esa teoría conmigo? —pregunto alzando las cejas.

—¿Necesitas que curen tu corazón? —inquiere de vuelta.

Solamente sonrío. Prefiero no responder. Tengo pánico a abrir mi corazón y que me lo vuelvan a romper.

—Por cierto, tengo algo para ti, espera un momento —indica bajando la voz y haciéndome una seña antes de salir corriendo de la cocina.

Al volver, abre la palma de la mano descubriendo una pequeña piedra negra pulida que cuelga de una cadena plateada.

—Es muy bonita, ¿qué es? —susurro mientras la hago rotar entre mis dedos.

—Azabache. Mi abuela me lo regaló cuando era pequeña. Está encantado. Protege y trae buena suerte a quien lo lleve —agrega muy seria.

Abro los ojos con sorpresa y examino la piedra, momento en que Alicia se coloca detrás de mí y su voz se reduce a un susurro.

—Sé que nos conocemos desde hace muy poco tiempo, pero siento algo especial por ti. Por eso me gustaría que llevases contigo una parte de mi historia, de mi cultura —explica mientras coloca el colgante alrededor de mi cuello.

Y cuando sus dedos rozan mi piel se me acelera el pulso. La piedra descansa sobre mi corazón, como si siempre hubiese estado ahí.

—No sé qué decir, Alicia —confieso.

—Quiero que lo tengas cerca de ti —murmura—. Deja que su poder te mantenga a salvo.

Minutos más tarde, nuestros dedos se entrelazan sobre la mesa de la cocina, con dos tazas de café recién hecho y un plato de deliciosas galletas de chocolate entre ambas. Nos instalamos en un silencio cómodo, interrumpido por miradas llenas de picardía y caricias de su pie bajo la mesa.

—Preparar chocolate es uno de los primeros recuerdos que tengo de mi abuela —explica tras beber un sorbo de café—. Ella me enseñó casi todo lo que sé. Ojalá pudiese haber visto la apertura de la tienda. Habría estado muy orgullosa, pero murió unos meses antes.

—Si puede verte, allí donde esté, seguro que lo está —susurro apretando su mano al observar que sus ojos se han humedecido.

Alicia acaricia mis nudillos con su dedo pulgar y sonríe, pero no responde.

—Se nos empieza a hacer tarde. ¿Te duchas tú primero? —propongo mirando el reloj.

—¿Qué tal juntas? Siempre es bueno ahorrar agua.

—No sé yo si vamos a ahorrar mucha agua o a empeorarlo, pero me parece muy buena idea —admito mordiendo mi labio inferior.

Nos metemos juntas bajo la ducha y me dejo llevar por la sensación de los miles de gotas de agua que caen sobre mi espalda. Me pego a su cuerpo, deleitándome con su piel desnuda, suave y bronceada. Recorro sus caderas, hipnotizada por cada curva.

—Eres preciosa —susurro junto a su oído y siento cómo ella arquea la espalda ante mis caricias con un pequeño gemido.

—Yo podría pasarme la vida explorando cada centímetro de tu piel —responde rozando mis costados con la punta de los dedos.

Pronto, la temperatura entre nosotras comienza a subir y me coloco detrás de ella, deslizando las manos llenas de jabón por sus pechos.

—Por mucho que me duela decir esto, se nos va a hacer tarde —admite entre jadeos, sus manos apoyadas en la pared de la ducha.

—Mierda.

—Puedes volver a pasar la noche conmigo —propone—. Supongo que te queda más cerca del trabajo.

—Me parece muy buena idea —confieso mientras vierto en mi mano un chorro de champú.

Y la simple intimidad de masajear su pelo mientras le lavo la cabeza me hace estremecer. Sé que hoy será difícil sacarla de mi mente. Mierda, esto va demasiado rápido.

Cuando salimos de la ducha, ambas temblamos de necesidad, pero no puedo permitirme llegar tarde, debo dar ejemplo, y Alicia se toma muy en serio su trabajo.

Nos vestimos a toda prisa, entre un torbellino de besos robados, mientras trato de ajustar unas braguitas de Alicia que me quedan demasiado grandes.

Capítulo 5

Alicia

—Creo que nunca te había visto tan preocupada por un encargo —interrumpe Rosa alzando una ceja.

—Ya sabes que soy muy perfeccionista —disimulo, sintiendo que se me pone roja hasta la punta de las orejas con el comentario de mi ayudante.

Rosa sonríe y observa cómo doy forma a la mezcla en pequeñas conchas de chocolate.

—Creo que aún necesita un poco más de sabor. Algo fuerte —musito.

—¿Un minúsculo toque de cayena?

—Podría funcionar —admito pensativa.

—Dulce y picante al mismo tiempo. Esto no tendrá nada que ver con cierta mujer que se dedica a supervisar las tiendas cada mañana y que camina muy seria y estirada, ¿verdad?

Entorno los ojos y creo que la sonrisa de tonta que se me escapa me delata.

—Quiero que el sabor sea el adecuado —respondo con evasivas. Rosa no necesita saber que llevo toda la mañana sin poder sacar a Sidney de mi cabeza. Mucho menos que casi siempre me la imagino completamente desnuda.

—¿Tienes algo con ella o solamente estás tonteando? —inquiere sentándose a mi lado mientras apoya la barbilla sobre una de sus manos.

—Solo somos amigas, nada más.

—¡Claro que sí! —ironiza Rosa mientras me da un codazo en las costillas—. Conozco muy bien esa mirada, bonita. Recuerda que somos amigas desde que teníamos diez años. Sé lo enamoradiza que puedes llegar a ser y cómo esos ojos expulsan corazoncitos rosas cada vez que se acerca esa mujer.

—Eres idiota, de verdad —expongo negando con la cabeza—. ¿No tienes nada que hacer? Por muy amigas que seamos no te pago para que te pongas a cotillear sobre mi vida privada.

—Vale, vale, antipática. Solo espero que esa tipa estirada no te haga daño. Si no, se las tendrá que ver conmigo —agrega mientras se dirige a la parte de delante de la tienda para atender a unos clientes que acaban de llegar.

Un par de horas más tarde, meto los bombones ya terminados en una caja de regalo y me aliso el delantal. En los pocos días que llevo aquí he observado que Sidney es como un reloj suizo. Siempre hace su ronda por las tiendas de la primera planta a la misma hora.

Oteo a mi alrededor y, efectivamente, allí está, entre la multitud de personas que se agolpan hoy en el centro comercial. Su elegante figura destaca entre la gente. Camina junto a Claire, la directiva del centro comercial con la que firmé los contratos de alquiler para el local.

Joder, me tiemblan las rodillas mientras me acerco a ella. No sé cómo ha tenido tiempo de cambiarse de ropa, imagino que también vive muy cerca. Lo que tengo claro es que ese traje gris que parece hecho a medida, no es el mismo que llevaba ayer.

—Sidney, ¿tienes un minuto? —inquiero en cuanto estoy a su altura.

Claire me mira sorprendida y solo espero que no se note demasiado lo nerviosa que me he puesto.

Céntrate, Alicia.

—Por supuesto, señorita Martínez, ¿qué puedo hacer por ti? —responde Sidney sin ni siquiera sonreír.

¿Señorita Martínez? ¿Qué coño le pasa? Porque ayer por la noche, cuando mi boca estaba entre sus piernas y me pedía a gritos que se lo comiera, no era la "señorita Martínez". Tampoco esta mañana, con su cuerpo contra el mío en la ducha mientras me follaba.

—Yo...he...he preparado estos bombones para ti. Es una receta nueva, con naranja sanguina y guindilla. Pensé que te gustaría —explico con timidez mientras extiendo el brazo para entregarle la caja de bombones.

Esboza una sonrisa. Bueno, media, quizá. No una entera. Al menos eso he conseguido. Abre la caja y coge con elegancia uno de los bombones. A continuación, cierra los ojos en cuanto lo mete en la boca, saboreándolo con lentitud.

Contengo la respiración mientras la observo. Instintivamente, muerde su labio inferior y emite un pequeño ronroneo que consigue que me ponga muy nerviosa.

—Excelente —susurra y cuando por fin abre los ojos, gran parte de su frialdad parece haberse desvanecido.

Me encanta verla bajar la guardia, aunque mi alegría no dura mucho. Pronto recupera la compostura. Estira la espalda, carraspea y fuerza una sonrisa cordial.

—Muchas gracias por el regalo, señorita Martínez. Son unos bombones exquisitos —admite mientras hace un gesto con la cabeza.

Claire observa toda la situación como si estuviese viendo algún tipo de aparición fantasmal, pero no pronuncia ni una sola palabra. Tampoco la pronuncia ya Sidney, que gira sobre sus talones y se dirige a las escaleras mecánicas sin ni siquiera mirar atrás.

—¿Le ha gustado a la señorita estirada tu regalo? —inquiere Rosa cuando regreso a la tienda.

—Supongo que sí —respondo encogiéndome de hombros, aunque ni yo misma lo tengo muy claro.

—¿Qué esperabas? ¿Qué la reina de hielo te diese un beso en medio del centro comercial?

—Tampoco es eso, solamente un poco más de emoción, nada más —explico.

—Supongo que tiene que mantener su reputación de mujer dura e inaccesible. No te lo tomes como algo personal —apunta chasqueando la lengua—. Espera, ¿habéis…? ¡Joder! ¿Por eso estás dolida?

Prefiero no responder y pretendo estar muy ocupada colocando unos bombones en la vitrina, aunque por la forma en que Rosa entorna los ojos, creo que no se ha quedado convencida.

El resto del día transcurre muy rápido. Hoy ha venido tanta gente que ni siquiera hemos tenido tiempo para comer, así que cuando quedan quince minutos para el cierre, le digo a Rosa que puede marcharse a casa.

—Esos bombones tienen que ser realmente especiales —indica Claire, acercándose a mí justo cuando estoy cerrando la tienda.

—Aunque esté mal que yo lo diga, lo son —respondo con una sonrisa.

—La jefa se ha quedado boba con ellos, incluso lo comentó en la reunión de dirección de las doce. Creo que es la primera vez que la veo así —afirma.

—¿La jefa?

—Sidney —aclara.

—Pensaba que tú eras su jefa, como firmé contigo el contrato y eso…

—Ya me gustaría —replica Claire alejándose de mí y prácticamente dejándome con la palabra en la boca.

Ya en mi apartamento, me entretengo preparando la comida. No tengo ninguna noticia de Sidney y ya han pasado tres horas desde que salí del centro comercial. Por no tener, ni siquiera tengo su número de teléfono. Odio este tipo de situaciones porque no es la primera vez que me ocurre. Lo doy todo demasiado rápido, me hago ilusiones y luego mi corazón acaba hecho pedazos por el suelo.

¡Qué mierda, joder!

Dejo escapar un largo suspiro mientras remuevo la salsa del mole negro que estoy preparando y añado un poco más de chipotle, cuando el timbre de la puerta me sobresalta.

Extrañada, dejo la sartén en el fuego y me quedo de piedra al abrir y ver a Sidney con una botella de vino y una enorme tarrina de helado de chocolate.

—Siento llegar tarde, Alicia, tenía mucho trabajo —se disculpa, girando la muñeca para enseñarme el helado—. Espero que te guste —susurra.

—¿Vuelvo a ser Alicia? ¿Cuándo tienes ganas de follar soy Alicia y el resto del tiempo la señorita Martínez? —me quejo enfadada.

—No es eso…yo…

—Me importa una mierda lo que sea, Sidney —interrumpo alzando la voz—. No puedes acostarte conmigo una noche y al día siguiente hacer como que no me conoces de nada.

—Perdón, es que…

—Parece que te avergüenzas de mí —insisto—. ¿Es eso lo que ocurre? ¿Te avergüenzas de mí?

—Por favor, Alicia…

—No me lo vuelvas a hacer o te juro que no vuelves a poner un pie en esta casa —amenazo.

Sidney me sigue en silencio hasta la cocina y se sienta a mi lado al observar que sigo revolviendo la salsa.

—Huele increíble —expone mientras añado unos trocitos de chocolate oaxaqueño, chilhuacle negro y un poco más de chipotle.

—Llevo tres jodidas horas removiendo el mole y ni siquiera sabía si ibas a venir —me quejo.

—Lo siento, debí avisarte de que llegaría tarde. ¿Vas a pasarte toda la noche enfadada?

—¿Tienes miedo de quedarte sin follar?

—Tengo miedo de que te alejes de mí —suelta de pronto, dejándome sin palabras.

—¿Qué?

—Puf, me cuesta mucho admitir estas cosas —suspira.

—Quiero oírtelo decir. Considéralo un castigo por lo que me has hecho en el centro comercial. ¿Cómo piensas que me sentí al tratarme como a una desconocida?

—Tengo miedo de que te alejes de mí y siento mucho lo que te hice en el centro comercial. No debí comportarme así —admite bajando la voz.

—Ven aquí, anda —indico cogiendo su mano y atrayéndola hacia mí para besarla.

—¿Ya estoy perdonada?

—Estás perdonada.

—¿Me vas a decir qué es eso que huele tan bien?

—Es mole negro. Quería preparar algo especial para ti y no te puedes ni imaginar la cantidad de horas que lleva cocinar este plato. Pensé que no vendrías y te juro que estaba dispuesta a tirarte las sobras por encima cuando te viese en el centro comercial —confieso poniendo los ojos en blanco.

Sidney sonríe y rodea mi cintura para abrazarme antes de coger con una cucharilla un poco de la salsa para probarla.

—Joder, esto es impresionante —confiesa.

—Es una receta de mi abuela —le explico mientras relato por encima cómo se prepara.

—¿Lleva todos esos ingredientes? —pregunta extrañada.

—Más de veinte.

—Increíble.

—Tuve que pedirle a una vecina que viniese para tostar los chiles y ponerlos a remojo mientras estaba en el trabajo, así que más te vale que me digas que te gusta mucho —amenazo.

Pronto, nos sentamos a la mesa con su botella de vino y el mole negro. La conversación fluye con facilidad como ya había ocurrido el día anterior. Es como si Sidney fuese dos personas diferentes, una dentro del centro comercial y otra fuera de él.

Poco a poco, entre la botella de vino y la comida, empezamos a abrirnos mucho más. Sidney está muy interesada en mis orígenes Mexicanos y me sorprendo a mí misma contándole historias de mi tierra o anécdotas de cuando era una niña.

—Pero mis mejores recuerdos vienen del Día de los Muertos —admito con nostalgia—.

Sidney me observa con curiosidad.

—¿En serio? ¿Qué lo hace tan especial?

—Son miles de detalles. Recuerdo las calaveritas de azúcar y el pan de muerto que mi abuela preparaba —admito, jugando de manera distraída con uno de los cubiertos—. La casa se llenaba de aromas dulces y las calles se vestían de colores. No es solo una o dos cosas, es todo el sentimiento que lo acompaña.

Sidney se inclina hacia delante y aprieta mi mano. Casi puedo sentir el calor de su mirada, el deseo en sus ojos que consigue que se me forme un cosquilleo en la zona baja del vientre.

—Cada año poníamos una ofrenda para mis bisabuelos —continúo—. Colocábamos sus fotos en el centro de un altar, rodeadas de velas. Y mientras lo hacíamos, mi abuela nos contaba historias sobre ellos. En aquellos días era como si yo también sintiera que los había conocido, incluso parecía que todavía estaban entre nosotros.

—Tiene que ser una experiencia muy bonita —suspira, acariciando mis nudillos con su dedo pulgar.

—Lo es —reconozco—. Te enseña a apreciar la vida, a honrar a aquellas personas que vivieron antes que nosotros. Es una celebración del amor y los recuerdos.

Espero poder enseñártela algún día —añado, dándome cuenta de inmediato de que empiezo a ir demasiado rápido.

—Me encantaría —confiesa Sidney asintiendo con la cabeza.

—Una vez, cuando era una niña, intenté pintarme la cara como una calavera.

—¿En serio? Intento imaginar a la pequeña Alicia con la cara pintada como un esqueleto. Seguro que estabas adorable.

—Mi madre casi me mata, dejé mi dormitorio hecho un desastre —reconozco sacudiendo la cabeza divertida.

—Tiene que ser duro lo ocurrido con tus padres.

—¿Cómo lo sabes? —interrumpo con sorpresa.

Sidney se queda en silencio, como si estuviese buscando en su cabeza las palabras adecuadas para continuar.

—Me lo contó Claire. Lo siento, no creo que se lo haya dicho a nadie más —se disculpa.

—No pasa nada. Cada familia es como es. Supongo que eso me ha hecho más fuerte. Tranquila, de verdad, no tengo por qué esconderlo. Mucho menos contigo.

—Gracias por compartir estas cosas conmigo —susurra antes de darme un tierno beso.

—Dime una cosa. Claire comentó esta tarde que tú eras su jefa. Yo pensaba que era al revés. ¿Estás un poquito por debajo de la bruja esa, entonces? Ya me siento importante por tenerte aquí.

—¿Qué bruja?

—La De Sallow esa, es que no sé cómo se llama —le explico.

—Sidney —masculla.

—¡Anda! ¿Os llamáis igual?

—Yo soy Sidney De Sallow —admite muy seria.

—Ay, joder

De pronto me quedo sin palabras. Literalmente. Trato de buscar algo que decir. Cualquier cosa, pero es inútil. Mi mente está completamente en blanco. Observo a Sidney con los ojos muy abiertos y ni siquiera puedo moverme. Respiro tan solo porque es un reflejo involuntario, pero si no, creo que me moriría ahora mismo.

—Tengo que irme —anuncio levantándome a toda prisa y encerrándome en el baño.

Capítulo 6

Sidney

—Alicia, por favor, abre la puerta —le suplico, golpeando con los nudillos por décima vez—. Solo quiero hablar.

Unos soplidos de desesperación son lo único que escucho como respuesta. Me siento en el suelo y escondo la cabeza entre las manos. Su cara de vergüenza cuando se dio cuenta de que era la dueña del centro comercial fue como si una daga atravesara mi corazón y se retorciese hasta hacerlo añicos.

Por algún motivo, estaba totalmente convencida de que lo sabía. Creía que Alicia era perfectamente consciente de quién era y eso me generaba dudas. Ahora, esto lo cambia todo.

—Ali, por favor, abre la puerta —susurro pegando el oído por si pudiese escuchar algo.

—¡Vete! No voy a salir hasta que te vayas —su voz es entrecortada, pero a la vez desafiante.

—No me voy, Alicia. Tenemos que hablar de esto. Si tengo que pasar toda la noche sentada en el suelo esperando a que salgas, lo haré —insisto.

Silencio.

—Alicia, por favor.

—Te llamé bruja, soy gilipollas, joder —admite, aunque su voz llega débil a través de la puerta.

—Me han llamado cosas mucho peores, te lo aseguro —confieso.

—No tenía ni idea de que eras tú, debes pensar que soy imbécil.

—Si te digo la verdad, por una vez ha sido un alivio que alguien me trate como a una persona normal y no como a la dueña de los Almacenes De Sallow —reconozco.

—Aun así, lo siento mucho —insiste.

—Disculpas aceptadas. ¿Puedes salir, por favor?

La cerradura del cuarto de baño hace un clic y la puerta se abre. Primero, solamente una rendija, se asoma con los ojos enrojecidos y a continuación abre la puerta del todo.

—¿Podemos empezar de nuevo? Hola, soy Sidney De Sallow, dueña de los grandes almacenes De Sallow —

suspiro, extendiendo la mano hacia ella a modo de saludo.

—Yo Alicia —sonríe meneando la cabeza de lado a lado.

—Mi maestra chocolatera favorita —siseo.

—Soy la única maestra chocolatera del centro comercial, tonta.

—¿Estamos bien? —pregunto con miedo.

—Supongo que sí. Siento mucho lo que he dicho, no tenía ni idea de que eras tú, de verdad —insiste una vez más, dejando escapar un soplido al final de la última palabra.

—Y yo siento haber hecho como que no te conocía esta mañana cuando me llevaste la caja de bombones.

—No pasa nada. Te juro que estaba muy enfadada, pero ahora entiendo que tienes que mantener tu imagen de reina del hielo delante de tus empleados. Supongo que no te puedes mostrar débil —responde encogiéndose de hombros.

—Yo no soy una reina del hielo.

—Puf, si lo buscas en la Wikipedia seguro que sale tu imagen al lado de la definición —bromea—. Andas por el centro comercial controlándolo todo, estirada como si te hubiesen metido un palo de escoba por el culo. Uy, perdón. Tampoco debería haber dicho eso —se disculpa.

No puedo evitar que me entre un pequeño ataque de risa al escuchar sus palabras. La abrazo, y en cuanto se relaja entre mis brazos, le aseguro que en el fondo me alegra mucho que sea tan directa conmigo. Estoy harta de estar con gente que se comporta de un modo diferente simplemente porque llevo el apellido De Sallow.

—No sé si me creerás, pero no me importa una mierda tu dinero o el de tu familia —susurra junto a mi oído—. Cuando te vi por primera vez y pensé que eras una de las ayudantes de la dueña, tan solo vi a una mujer preciosa y elegante. Alguien que despertaba en mí unos sentimientos que llevaban un tiempo dormidos. Te vi a ti, Sidney, no a tu dinero —me asegura.

Y antes de que me pueda dar cuenta, estoy llorando mientras la abrazo con fuerza. Todas las dudas que tenía sobre ella se disipan de golpe.

—¿Estás bien?

—Esto sí que no lo puedes contar. Nadie me ha visto así —sollozo sin dejar de llorar.

Alicia simplemente me abraza y besa mi mejilla mientras dejo que las lágrimas broten libremente de mis ojos. Es una liberación, hacía tanto tiempo que no lloraba en el hombro de alguien que ya ni lo recuerdo.

—¿Seguro que estás bien? —insiste.

—Supongo que necesitaba echar unas lágrimas con alguien en quien puedo confiar —confieso con un hilo de voz.

—Y a mí me gusta mucho más esta Sidney vulnerable que la reina de hielo —sisea antes de besar mi frente.

—No sabes lo que esto significa para mí —le aseguro—. Es muy duro no saber nunca si de verdad te quieren a ti o a tu dinero.

—¿Así que tengo una novia rica?

—¿Novia?

—Bueno, perdón, siempre tiendo a correr más de la cuenta. Déjame reformular la frase, ¿así que estoy liada con una mujer rica? —pregunta alzando las cejas.

—Supongo que sí, aunque lo de estar liada suena un poco mal.

—¿Me follo a una mujer rica?

—Eres idiota, joder. Lo de novia puede funcionar, yo también tiendo a correr demasiado —admito, sorprendiéndome de mis propias palabras.

—¡Guau! En plan, ¿puedo besarte en pleno centro comercial? ¿Con lengua? —bromea arqueando una ceja.

—¿Quieres dejar de ponerme nerviosa?

—Sabes que no lo voy a hacer. Pero, por favor, no me vuelvas a llamar señorita Martínez, ¿vale?

—¿Me vas a seguir preparando bombones?

—Por supuesto.

—Entonces tenemos un trato —afirmo extendiendo la mano, como si quisiera sellar un acuerdo de negocios.

—Tenemos un trato —repite—. Y yo preguntándome cómo te habías cambiado de ropa tan rápido. Por cierto, cuando te vi con ese traje gris esta mañana casi te lo quito a mordiscos. No te puedes hacer una idea de lo bien que te sienta.

—Tengo un apartamento en el propio centro comercial. Al lado de mi despacho —le explico.

—¿Vives en el centro comercial?

—No, tonta. Vivo en la calle 57, frente al Central Park, casi haciendo esquina con la séptima Avenida. Los fines de semana los paso a veces en la casa de East Hampton, menos cuando está mi madre. Prefiero no coincidir con ella —reconozco haciendo una mueca.

—Joder.

—Ahora es cuando me vas a preguntar que para qué trabajo tantas horas, ¿no?

—Seguro que yo trabajo más horas que tú —responde Alicia—. Y cuando tenga una cadena de chocolaterías por todo el mundo seguiré trabajando muchas horas. Oye, quizá un día podemos pagar a medias tu avión privado, porque seguro que me vas a decir que tienes uno, ¿no es verdad?

—Sí.

—Joder, lo sabía —tercia llevándose una mano a la frente.

—Bueno, no es mío. Normalmente, la gente lo que hace es comprar horas de un avión privado, de manera que puedes disponer de él cuando lo necesites. Si quieres uno de gama superior en algún momento pagas la diferencia —le explico—. Sale más barato que tener el avión parado parte del año con su tripulación y todo eso.

—Lo pagaremos a medias. ¿Hay trato? —interrumpe extendiendo la mano.

—Nada me haría más feliz que un día eso se hiciese realidad —admito.

Como respuesta, Alicia me rodea con sus brazos y comienza a mecerme suavemente mientras besa mi sien.

—Solo prométeme que cuando estés conmigo serás tú misma —susurra junto a mi oído—. Quiero ver a la verdadera Sidney, no a la estirada esa que camina por tu centro comercial. Allí, te dejo ser la bruja a la que todos tienen miedo.

—Eres tonta.

—¿Me lo prometes?

—Que sí, joder. Te lo prometo —le aseguro.

—¿Otra cosa?

—¿Más promesas?

—Esta es muy seria y para mí significa mucho —añade muy seria.

—Tú dirás.

—Si un día, por el motivo que sea, las cosas me van mal con mi tienda, no quiero ningún trato de favor. Quiero salir adelante por mí misma, no con tu ayuda. Eso sí que me lo tienes que prometer, Sidney —advierte, clavándome sus hermosos ojos negros.

—Eso no va a pasar.

—Sé que no va a pasar, pero necesito que me lo prometas —insiste.

—No —suspiro.

—Sidney. Hablo muy en serio —me advierte.

—Está bien —asiento, aunque llegado el momento sé que no podría hacerlo.

Capítulo 7

Alicia

Llego al centro comercial sola. Sidney abandonó mi apartamento una hora antes. Al perecer, hay algún tipo de problema con uno de los proveedores principales.

Nada más entrar en mi tienda, el aroma del chocolate recién hecho me envuelve. Hoy le ha tocado a Rosa levantarse temprano para preparar las variedades de bombones que se habían agotado el día anterior.

Tarareo una vieja canción mientras deslizo de manera distraída la yema de los dedos por las cajas de bombones, seguramente con una sonrisa tonta en la cara. Pero es que la última noche con Sidney fue increíble. Claro, una vez que me repuse de la sorpresa al enterarme de que era la dueña del centro comercial más importante de la ciudad.

Céntrate, Alicia.

Con un suspiro, comienzo a introducir los bombones en las cajas de regalo para tener algunas preparadas antes de que lleguen los clientes. Aun así, mis pensamientos se pierden una y otra vez en unos preciosos ojos azules, anoche repletos de pasión.

—Te veo muy contenta hoy. ¿O son cosas mías? —bromea Rosa al verme entrar a por más bombones.

Sacudo la cabeza, dejando escapar una nueva sonrisa tonta mientras siento cómo me ruborizo. Me conoce demasiado bien.

—La noche acabó genial, por lo que veo. Esa sonrisa... Ay, ay, ay...esa sonrisa.

—El centro comercial está a punto de abrir —es mi única respuesta, aunque me temo que no estoy disimulando todo lo bien que quisiera.

—Espero detalles cuando quieras contarlos... porque supongo que tiene algo que ver con la rubia esa que se paseaba ayer vestida con un traje gris, ladrando órdenes a todo el mundo —insiste mi ayudante.

—No diré nada —me defiendo.

—¿Es buena en la cama?

—No pienso hablar de esas cosas, Rosa —protesto.

Sacudo la cabeza y sonrío entornando los ojos. Las puertas de los grandes almacenes se abren, la gente entra, las dependientas de las tiendas se apresuran para estar preparadas, pero mis ojos tan solo otean el horizonte en busca de Sidney.

—Deja de suspirar como una adolescente enamorada —bromea Rosa al ver que me coloco nerviosa un mechón de pelo detrás de la oreja.

Por suerte, los clientes llenan la tienda en busca de algún regalo especial para sus seres queridos en forma de bombón y no tengo tiempo para pensar. Uno de los vídeos que Rosa ha puesto en Tiktok se hizo viral y animó a más gente a colgar vídeos sobre mi tienda. El resultado; dos días seguidos que nos quedamos sin bombones antes de la hora de cierre.

Tres horas más tarde, la rutina de atender a los clientes se ve interrumpida cuando Sidney entra en la tienda de enfrente, ladrando órdenes y hecha un torbellino de ira. Su habitual aspecto, severo pero elegante, parece hoy diferente. La veo tensa.

Algo va mal. Muy mal.

Claire corre tras ella, el rostro desencajado, la Tablet pegada al pecho.

—Ya le he dejado tres mensajes, no se pone al teléfono —explica con cara de preocupación.

Sidney frunce el ceño y aprieta nerviosa su cola de caballo.

—Diles que o mueven el culo y envían esa mercancía o es su último año como proveedores de los Almacenes De Sallow. Necesito una respuesta ya. No me importa si han tenido una tormenta de nieve, eso les pasa por poner una fábrica en el culo del mundo —espeta, alzando la voz algo más de lo que sería necesario y llamando la atención de varios clientes.

—Sí, señorita De Sallow —responde Claire, apartándose para hacer una llamada. Las cosas tienen que estar muy tensas para llamarla señorita De Sallow y no Sidney.

La observo desde la distancia con recelo, dudando si debo acercarme a ella o no. Irradia tensión. Si hay dificultades con el inventario en unas fechas tan importantes para las ventas, puede significar muchos problemas.

Al final, decido acercarme a ella con pequeños pasos, temerosa.

—Espero que tú tengas suficientes existencias de materia prima como para que no se te acaben los bombones en mitad de las fiestas —suelta en cuanto estoy junto a ella.

Me deja de piedra. Anoche, había aceptado que dentro del centro comercial no se mostraría cariñosa ni vulnerable conmigo, pero su tono ha sido frío, cortante. Casi áspero.

—Sí, estamos bien de suministros —mascullo, asintiendo rápidamente con la cabeza.

Puedo ver algo parecido al arrepentimiento en su mirada, pero pronto suena su teléfono móvil y se aleja ladrando órdenes de nuevo. Me gustaría rodearla con los brazos y besarla. Intentar aliviar su estrés, pero la tierna Sidney de anoche está ahora muy lejana.

A primera hora de la tarde, vuelve a aparecer. Parece un poco más calmada. O quizá solo está más cansada. Me armo de valor y preparo una taza de chocolate caliente que rocío con abundante nata montada y me acerco a ella. Aprovecho que se encuentra en una zona parcialmente escondida tras unas plantas que han dejado crecer demasiado y podemos tener algo de intimidad.

—Puede que esto te ayude —susurro, estirando el brazo para ofrecerle la taza como si fuese algún tipo de bálsamo que todo lo puede.

Hace una pausa para observarme, me clava la mirada y algo parecido a una sonrisa se dibuja en sus labios.

—Gracias —suspira.

—¿Un día duro?

—No te lo puedes ni imaginar —admite tras beber un largo sorbo.

—Eh, no hay nada que el chocolate no pueda curar. Recuerda que los propios dioses nos lo entregaron —bromeo con un guiño de ojo.

—La nata montada tampoco está mal. Voy a ganar unos cuantos kilos a este paso —añade cerrando los ojos mientras degusta un nuevo sorbo.

—¿Problemas con los suministros?

—Uno de nuestros proveedores clave nos ha dejado tirados —explica—. Joder, todas sus ventas se centran en las Navidades, ¿y ahora no puede hacer la entrega por una jodida tormenta de nieve? Ese tío es un imbécil. ¿Cuándo quiere vender peluches vestidos de Papá Noel? ¿En agosto para que la gente los lleve a la playa?

—Tampoco es que sea culpa suya, ¿no? Quiero decir, él también estará maldiciendo esa tormenta de nieve. No es algo que pudiese saber hace un mes para planificarlo.

—Es gilipollas —me corta, dando por zanjada la conversación—. Voy a matar a mi director de compras por no tener dos proveedores de un artículo clave.

—Derramar sangre en Navidades podría atraer la mala suerte —bromeo en un intento de hacerla sonreír.

—No puedes ser tan buena con la gente.

—Es Navidad, Sidney —tercio.

—Las Navidades son una fecha igual que otra cualquiera. Para nosotros más importante, porque concentramos muchas ventas en unos pocos días. No puedo permitir fallos y si tengo que despedir a gente, me da igual hacerlo ahora que en mayo.

—Por suerte, el chocolate calma la tensión —expongo, sacando una pequeña caja de mi bolsillo con tres bombones.

—Gracias, siento todo esto. No tienes por qué aguantar mis problemas.

—Sabes que no me importa —le aseguro, acariciando su brazo izquierdo con ternura.

Cierra los ojos y suspira. Aparece de nuevo un atisbo de vulnerabilidad en su rostro y no puedo evitar rodearla entre mis brazos para abrazarla.

—Puf, vaya día de mierda —suspira, escondiendo la cabeza en mi cuello.

Y no sé qué se apodera de mí, pero me sorprendo a mí misma besando su mejilla, asegurándole que estoy aquí para lo que necesite, mientras ella se deja mimar.

De pronto, alza la cabeza, clava su mirada en la mía y me besa. Y es un beso que lo dice todo. Gracias, te quiero, agradezco lo que haces por mí, te deseo. Un beso que transmite tanto sentimiento sin necesidad de palabras que asusta.

—Vaya… eso ha sido…

—Innecesario. Debemos controlarnos en el centro comercial —corta de golpe, volviendo a su personaje de reina de hielo y apuñalando mi corazón con una daga en el proceso.

—Lo siento —es todo lo que se me ocurre decir.

—Estoy muy ocupada. No es un día fácil. Ya hablaremos —suelta de manera apresurada, alejándose de mí y evitando mirarme a los ojos, que creo que se me han llenado de lágrimas.

Entiendo la indirecta. Me trago el orgullo y la pena y regreso a mi tienda de chocolates cabizbaja.

—¿Lo que he visto parcialmente desde aquí ha sido real? —pregunta Rosa en cuanto entro.

—No sé lo que has visto.

—Tú y la señorita estirada. Abrazaditas y luego… luego no pude ver más porque entró una clienta que me hizo un montón de preguntas y no compró nada —se lamenta.

—¡Déjalo, anda!

—¿Estás bien? Esos ojos…

—Olvídalo. Me hago demasiadas ilusiones y luego pasa lo que pasa —expongo sin querer dar una explicación.

Pero si algo sé sobre Rosa es que es testaruda como una mula, incapaz de dejar un tema si realmente le interesa.

—Así que es ella…

—¿Es ella?

—La que se ha estado acostando contigo estas dos últimas noches. Solo hace falta verte la cara por las mañanas para saber que has estado con alguien. Y todos esos bombones con mezclas nuevas… picante y dulce a la vez. Joder, sabes que es la jefa de todo esto, ¿verdad? —pregunta sorprendida.

—Lo sé desde ayer. Muchas gracias por haberme avisado con tiempo. No sabes la vergüenza que he pasado —me quejo.

—Si tú me hubieses confirmado que era ella, te lo hubiese podido decir —se disculpa alzando las cejas.

—Bueno, da igual. Es como si estuviese con dos personas distintas.

—Construye muros, ¿sabes?

—¿Qué?

—Esa mujer, la estirada. Construye muros alrededor de su corazón para que nadie se acerque. Por aquí todo el mundo lo sabe. Es como si se hubiese olvidado de cómo ser feliz. Sobre todo en Navidad —añade, bajando la voz al pronunciar esa última frase, como si le apenase.

—Quizá tan solo necesita que alguien le recuerde cómo ser feliz —murmuro.

—¿A base de chocolate?

—A base de chocolate —repito como una boba mientras dejo escapar un suspiro.

—¿Y de sexo?

—Ponte a trabajar, anda. Lo último que necesitamos es quedarnos sin bombones con lo estresada que está —le advierto con un manotazo cariñoso en el hombro.

—Mis labios están sellados —anuncia, haciendo un gesto como si estuviese cerrando una imaginaria cremallera sobre su boca—. Por lo que he visto quiere mantener las apariencias por aquí. Pero necesito informes completos de cómo va la cosa —agrega con un guiño de ojo antes de encerrarse en la pequeña cocina para seguir preparando bombones.

Y mientras las luces del centro comercial comienzan a apagarse para dar fin a una jornada sin descanso, sé que en algún lugar dentro de este inmenso edificio, Sidney se estará esforzando por salvar la campaña de Navidad. Puede que su actitud distante me doliese, pero ojalá pudiese estar ahora mismo con ella, acercarme a su despacho y simplemente estar allí, en silencio, mostrándole mi apoyo.

Suspiro, y en su lugar, decido escribirle un pequeño mensaje.

Alicia: sé que vas a trabajar hasta tarde. Si prefieres quedarte a dormir aquí, lo entiendo. Si quieres venir a mi apartamento tendrás la cena preparada y un baño caliente. Te quiero.

Capítulo 8

Alicia

—¡Mierda, joder! —protesto cuando me despierto y observo que estoy sola en la cama.

El sueño había sido demasiado real. Hacía el amor con Sidney y me despertaba a base de cariñosos besos en el cuello, con ella pegada a mi espalda. Pero es solo eso, un jodido sueño, porque de Sidney no hay ni rastro.

Pensaba que vendría, le había preparado una cena especial. Incluso salí corriendo del trabajo en busca de unas bombas de baño con olor a lavanda. Deseaba tanto cuidarla, hacer que se relajase entre mis brazos, besar y acariciar su cuerpo hasta que se durmiese junto a mí.

Pero nunca apareció.

Ni siquiera un puto mensaje de texto.

Nada.

Una voz en mi interior me repite una y otra vez que se lo ha pensado mejor. Quizá me pasé abrazándola en su centro comercial donde sin duda varios de sus empleados nos habrán visto. Me sigue pareciendo una estupidez, pero supongo que para ella es importante dar esa imagen de mujer fría e inalcanzable. O puede que, simplemente, no sea suficiente. Es posible que, para Sidney, yo haya sido tan solo un par de polvos que su cuerpo necesitaba. Nada más.

Sacudo la cabeza en un intento de sacar esos pensamientos de mi mente y aparto las sábanas de una patada. No tiene mucho sentido lamentarse, si Sidney ha cambiado de opinión sobre… sobre lo que sea que tengamos, ya me las apañaré. Mejor que pase ahora que más tarde, al fin y al cabo apenas estamos empezando. Luego sería más doloroso. Mucho más.

Ya en la ducha, abro el grifo del agua caliente mucho más de lo normal, como si el escozor del calor sobre mi piel fuese a aliviar el dolor, como si los miles de gotas de agua pudiesen llevarse la pena. Soy una idiota. Siempre voy demasiado rápido. Siempre doy más de la cuenta. Pero es que… por algún motivo, con Sidney parecía tan diferente.

Al entrar en la tienda, Rosa ya está ahí. Se ha levantado temprano para preparar más bombones. No sé qué haría sin ella.

Tarareo una vieja canción triste mientras ordeno las cajas de bombones de praliné en la vitrina delantera. Se han convertido en uno de los favoritos de los clientes del centro comercial y de algún modo, ordenar las cajas me calma los nervios. Cada una encaja en su sitio, un claro contraste con el caos que habita en mi interior.

Puede que Sidney se haya agobiado. Le daré espacio. Si quiere hablar, ya sabe dónde estoy.

A la hora en la que suele bajar al primer piso para controlar las tiendas, mis ojos la buscan entre la multitud. No hay ni rastro, solamente Claire, su asistente personal, aparece nerviosa con su Tablet apretado contra el pecho.

Instintivamente, salgo corriendo de la tienda ante el asombro de Rosa, que me mira con los ojos muy abiertos, y me dirijo a Claire, haciéndole aspavientos para que se detenga.

—¿Le ocurre algo a Sidney? —pregunto en cuanto estoy a su lado. Ni siquiera saludo, los nervios me pueden.

Claire se detiene y suelta un largo suspiro, negando con la cabeza.

—Estuvo trabajando hasta más allá de las dos de la mañana. Se está tomando muy mal el problema con los proveedores. No sabes las broncas que nos cayeron a todos y eso que muchos no tenemos la culpa de nada. Ayer fue un día realmente duro —reconoce.

—¿Tan importantes son esos productos?

—No.

—¿Entonces? —insisto confusa.

Claire mira alrededor antes de responder, cogiéndome por el codo para llevarme a un lugar más discreto.

—Sidney es una persona muy obsesiva —admite bajando la voz—. Escucha, no es una queja. Solo te lo digo porque sé que tenéis algo entre vosotras y quiero lo mejor para ella.

—¿Lo sabes? ¿Te lo dijo ella?

—No soy ciega. Ni tonta, aunque a veces Sidney lo piense —añade chasqueando la lengua—. Se ve claramente que entre vosotras hay algo. Incluso ha venido un par de días mucho más contenta al trabajo, a pesar de que odia las Navidades. Pero ayer…

—Supongo que no ha llegado esa mercancía.

—No, y Sidney está dispuesta a ir allí personalmente y quemar la fábrica. Nunca la había visto así. La temporada de Navidad es muy estresante, hacemos muchas ventas en muy pocos días y el éxito o el fracaso de todo el año depende de estas fechas. Aun así, de verdad, no es tan importante. Sinceramente, me preocupa su salud si sigue comportándose de este modo —admite, mirando a su alrededor y retorciendo las manos con nerviosismo.

—¿Hay algo que yo pueda hacer? —pregunto con preocupación.

—El problema es que Sidney no delega. Está obsesionada con el control, quiere gestionarlo todo ella. Tiene un buen equipo, te lo aseguro, pero así nos va a volver locos a todos y ella acabará con su salud —agrega sacudiendo la cabeza y soltando un largo soplido.

—Espero que se solucione pronto lo de ese proveedor.

—Por el bien de todos, también lo espero. Sidney siempre ha estado bajo mucha presión, ¿sabes? Primero por su familia. La gente piensa que ha tenido mucha suerte por heredar el centro comercial más importante de la ciudad, pero su padre nunca la valoró. Por mucho que hiciese, no era suficiente para él. Ahora que su padre ya no está, es ella la que se presiona. No tiene que demostrar nada a nadie, todo el mundo sabe que es muy buena en su trabajo, pero no puede evitarlo. Y yo… me preocupo por ella, eso es todo —reconoce mordiendo su labio inferior y desviando la mirada.

—Joder —suspiro.

—Mierda, tengo que irme o Sidney me va a matar —exclama de pronto, mirando el reloj—. Alicia, sea lo que sea lo que tengáis entre vosotras, no dejes que te aleje de ella, ¿vale? Creo que te necesita más de lo que jamás admitirá. La gente por aquí la llama bruja y cosas mucho peores, pero es buena persona. Solo es torpe en sus relaciones personales y está demasiado estresada.

Ni siquiera me da tiempo a responder, asiento lentamente con la cabeza, ponderando sus palabras mientras Claire corre en dirección a las escaleras mecánicas y desaparece de mi vista, perdida entre la multitud de visitantes. Al menos, es bueno saber que Sidney tiene a su lado a alguien que se preocupa por ella.

—¿A ti qué coño te pasa? —pregunta Rosa en cuanto regreso a la tienda—. Por cierto, ¿quieres una trufa? Las acabo de preparar.

—No —respondo con un gruñido mucho más seco de lo que hubiese pretendido.

—Vaya, ¿problemas de amor? —insiste mi ayudante, ignorando mis claros gestos para que me deje en paz, porque ahora mismo no tengo ganas de hablar con nadie.

En vista de que no respondo, tira de mi brazo hasta que nos quedamos frente a frente.

—¿Se trata de la señorita directora general?

Dejo escapar un largo suspiro. Es inútil negarlo y Rosa me conoce demasiado bien. Es lo que tiene ser amigas desde que éramos unas niñas.

—Es solo… no sé un error de comunicación, supongo. Nada más —admito.

—Ya, claro, y por eso estás a punto de ponerte a llorar, ¿no? —insiste.

—Joder, Rosa —protesto.

—Te conozco bien, estás coladita por esa mujer.

—Quizá un poco —reconozco.

—Es increíble, mi mejor amiga saliendo con la dueña de los Almacenes De Sallow. Alicia Martínez codeándose con la élite de la ciudad de Nueva York —bromea.

—Sí, bueno. Ni estamos saliendo, ni parece que me esté codeando con nadie últimamente.

—He visto que esta mañana no ha venido —apunta alzando las cejas.

—Es…

—¿Complicado? —termina la frase por mí.

—Sí, supongo que es la palabra que buscaba —confieso.

Trato de forzar una sonrisa, pero en su defecto mis ojos comienzan a llenarse de lágrimas.

—Ponte a hacer bombones, anda. Ya atiendo yo al público. No quiero que espantes a los clientes —indica, señalando con la barbilla hacia la cocina.

Allí, los movimientos repetitivos ayudan a calmar mis nervios, aunque mi mente divaga imaginando que llevo uno de esos bombones hasta la boca de Sidney y luego chupa de mis dedos el chocolate derretido. Joder, lo que me faltaba.

Valoro la posibilidad de subir las escaleras mecánicas hasta el último piso. Plantarme en su despacho sin avisar, con una enorme caja de bombones envuelta en un lazo rojo en forma de corazón. Pero supongo que ya tiene suficiente estrés como para que yo le complique más las cosas.

En su defecto, saco del bolsillo mi teléfono móvil y le envío un nuevo mensaje. Espero tener mejor suerte que con el que envié ayer.

Alicia: espero que estés bien. Sé que están siendo unos días muy difíciles para ti. Mi puerta siempre estará abierta si quieres un descanso. En serio, cuítate. Llámame si necesitas algo. Te quiero. Seguido de tres corazones rojos enormes.

Mierda, quizá eso último sobraba, tal y como están las cosas entre nosotras. No quiero asustarla.

Ahora, para bien o para mal, ya está enviado.

Y yo me quedo como una idiota mirando la pantalla, esperando una respuesta que nunca llega.

Capítulo 9

Sidney

El cursor parpadea de manera acusatoria en la pantalla de mi ordenador, como si pretendiese reírse de mi visión borrosa. Dejo escapar un largo soplido y masajeo mi sien como si eso pudiese aliviarme del terrible dolor de cabeza que amenaza con hacerme vomitar.

—Solo un par de horas más y lo dejo —me digo a mí misma, tratando de infundirme energía.

El suave golpe en la puerta de unos nudillos interrumpe mi ensoñación de tirarme a dormir en el sofá del despacho. Claire asoma la cabeza de manera tímida, su ceño fruncido con preocupación.

—Sidney, es más de medianoche. Deberías irte a dormir —me recuerda.

—¿Qué haces tú aquí?

—Estoy preocupada. No quería dejarte sola, no tienes buena pinta —expone encogiéndose de hombros.

Hago un gesto indefinido con la mano, como si estuviese espantando una mosca, entrecerrando los ojos ante las columnas de números en la hoja de cálculo que parecen danzar frente a mí.

—Estoy bien, tan solo tengo que repasar las últimas cifras y me voy a descansar. Esta noche me quedaré en el apartamento junto al despacho —anuncio—. Ahora, vete a tu casa.

—Pareces a punto de desmayarte. Llevas demasiadas horas seguidas sin descansar —insiste Claire, apretando los labios. Esta chica no se da por vencida.

—Te pago para que seas mi asistente personal, no mi enfermera. Cuanto antes me dejes en paz, antes podré irme a descansar —protesto.

—Alguien tiene que preocuparse por tu salud, porque está claro que tú no lo haces —replica mi asistente, que se está empezando a poner muy pesada.

—Yo decido cuándo debo parar. No necesito tu opinión —ladro, llevándome las manos a las sienes al sentir una fuerte punzada de dolor.

Claire parece preocupada ante mi gesto, pero se mantiene firme en su postura.

—Puede que seas mi jefa, pero no puedo evitar preocuparme. Si trabajas hasta la extenuación no vas a ayudar a nadie. No le harás ningún bien a la empresa ni a sus empleados si acabas en el hospital esta noche —insiste.

—Lárgate, por favor y déjame trabajar. Estoy bien —ordeno en un tono mucho más seco del que debiera.

—Al menos llámame si necesitas algo. Estaré en mi mesa hasta que te vayas a dormir.

Prefiero no responder, no quiero gastar energías discutiendo con una mujer que es más terca que una mula. Cuando me encuentre mejor ya le recordaré que cuando doy una orden es para que se cumpla.

—Concéntrate un poco más —mascullo parpadeando con fuerza mientras siento un escozor en los ojos casi insoportable.

Pero el resplandor de la pantalla me abrasa las retinas a pesar de haber bajado el brillo. Cada clic del teclado es como si me pegasen con un martillo en la cabeza y, cuando me levanto para estirar las piernas, la habitación da vueltas peligrosamente.

—Quizá dormir un poco me ayudaría —murmuro.

Me despierto sobresaltada. La pantalla del ordenador se ha oscurecido. Desorientada, miro el teléfono y su luz me ciega los ojos. Las dos de la mañana. Mierda.

Aturdida, trato de levantarme y la habitación se tambalea. Me agarro al borde de la mesa, pero las piernas comienzan a fallarme. Tengo ganas de vomitar.

De pronto, alguien me sujeta por el codo, pronuncia palabras que no consigo descifrar. Intento apartarla con la mano. Protesto diciendo que debo seguir revisando las cifras, pero el brazo de Alicia alrededor de mi cintura es lo único que me mantiene en pie.

—¿Qué haces aquí? —balbuceo a duras penas.

—Le he pedido que venga.

—Son las dos de la mañana, Claire, eres gilipollas —me quejo.

Quiero decir algo más, pero solo observo a Alicia a través de una especie de bruma. Mi cerebro filtra fragmentos de una confusa conversación "se va a desmayar", "está ardiendo de fiebre".

Me tumban en el sofá del despacho, colocando mis pies en alto sobre un cojín. Claire coloca un paño frío en mi frente. En algún momento, una de ellas me envuelve con una manta que han debido sacar de mi apartamento.

—¿Por qué no me has llamado antes? —escucho decir a Alicia.

—Vete a descansar —es mi única respuesta—. ¿Por qué has venido?

—Me llamó Claire. Tienes fiebre.

—Fuera de aquí las dos. Debo terminar. Claire, estás despedida —anuncio, alargando las sílabas como si estuviese borracha.

—Vamos a llevarla a mi apartamento. Está justo al lado y puedo cuidarla mejor que aquí. Si mañana no mejora, la llevaré al hospital —propone Alicia a pesar de mis protestas.

Me levantan entre las dos, mi cabeza dando tumbos. De algún modo conseguimos llegar a la puerta principal donde uno de los guardas de seguridad me ayuda a meterme en un coche pequeño que no sé de quién es.

—Claire, estás despedida —insisto.

El tiempo parece volver a saltar y abro los ojos en el dormitorio de Alicia.

—Ya me encargo yo. Muchas gracias, Claire —exclama mientras me desabrocha los pantalones. ¿Me está desnudando delante de mi asistente personal?

Una nueva laguna en mi mente. Alicia me coloca un paño mojado y frío sobre la frente. Insiste en que me tome una pastilla que dice que es ibuprofeno. Me ha puesto encima una camiseta vieja para meterme en su cama.

—Intenta descansar —susurra, y su voz se desvanece en la noche como si estuviese a kilómetros de distancia. Lo último que recuerdo son unos suaves labios besando mi frente.

Capítulo 10

Sidney

Abro los ojos con pereza y la luz del día ilumina un dormitorio que no es el mío.

Tengo sed. Una sed horrible, asfixiante.

Desorientada, observo las sábanas arrugadas, el desgastado mobiliario. Dos fotos de Alicia junto a una señora mayor con rasgos latinos cuelgan de una pared a la que no le vendría mal una mano de pintura.

Mierda.

Los recuerdos se filtran con lentitud. El mareo en mi despacho. La discusión con Claire. Alicia apareciendo de repente como si fuese un auténtico ángel de la guarda. Otra vez Claire. Ambas trayéndome hasta aquí, hasta esta cama.

Antes de que pueda intentar levantarme, Alicia aparece con una bandeja en la que lleva un cuenco de algún líquido humeante. Una preciosa sonrisa ilumina su rostro, aunque las sombras bajo los ojos me indican que no ha dormido demasiado.

—Buenos días —saluda, dejando la bandeja sobre la mesita de noche—. Te he traído un poco de sopa de pollo casera. Mi abuela me la solía preparar de niña, cuando estaba enferma.

Cierro los ojos y un delicioso olor inunda mis fosas nasales. Creo que no recuerdo la última vez que alguien se preocupó tanto por mí mientras estaba encamada. Quizá nunca.

—Entre esto y los bombones intentas que gane peso, ¿verdad? —protesto, aunque una sonrisa boba se dibuja en mis labios.

—Tengo que cuidarte, así que come, o te la daré yo como a una niña pequeña —anuncia con un guiño de ojo que consigue que me derrita.

—Debo reconocer que es la mejor sopa de pollo que he probado —admito tras la primera cucharada—. Parece casi una poción mágica —bromeo.

Rodeo el cuenco con las manos e inmediatamente, su calor me reconforta.

—Gracias por la sopa, pero en cuanto la acabe debo irme, tengo mucho que hacer —expongo mirando nerviosa el reloj e imaginando el trabajo que se me está acumulando.

—¡A callar! —susurra Alicia, tapando mi boca con dos de sus dedos—. Hoy mando yo y vas a hacer lo que te diga hasta que estés bien del todo —agrega, colocando una mano en mi frente para tomarme la temperatura.

Mi cara de sorpresa debe ser todo un poema porque se le escapa un pequeño ataque de risa al verme.

—La fiebre ya ha bajado. Te recuperarás enseguida.

—¿Qué lleva la sopa? —inquiero, cerrando los ojos mientras tomo otra cucharada—. Está buenísima.

—Las tripas de un murciélago. Es una antigua receta Azteca.

—¿Qué? ¡Joder!

—No seas idiota, Sidney. ¿Qué va a llevar? Pollo, algo de sal y algunas especias para darle sabor. Y mucho amor, eso es lo que marca la diferencia. Seguramente, estás demasiado acostumbrada a abrir bricks de caldo o tienes mucha hambre.

Meneo la cabeza divertida y termino el cuenco de sopa. Por algún motivo, el sueño se apodera de mí. Quizá sigo demasiado cansada. Alicia se da cuenta y retira la bandeja, arropándome cuando me tumbo sobre el colchón.

—¿Te quedas? Solo hasta que me duerma —solicito cogiendo su muñeca al ver que se da la vuelta para marcharse.

—Empieza a gustarme esta Sidney mimosa —susurra, acurrucándose junto a mí y besando mi mejilla.

Pronto, el cansancio se apodera de mí y el sueño me acoge, o puede que Alicia, acariciando mi pelo con ternura mientras canta una vieja canción de cuna mexicana, ayude bastante.

El resto del día transcurre en una nebulosa de sueño y vigilia intermitentes. Alicia me cuida como si fuese la única persona en este mundo. Refresca mi frente con paños fríos cuando ve que me sube la temperatura, prepara infusiones, me cocina un nuevo caldo para la cena. Tanto, que durante unas horas se me olvida que no hay nadie al mando del centro comercial en plena campaña de Navidad.

—Siento haber estado tan distante estos dos últimos días —susurro tras la cena.

—¿Qué has dicho?

—Alicia, por favor.

—No, en serio, ¿puedes repetirlo? Espera, que lo grabo —bromea sacando el teléfono móvil de su bolsillo.

—Eres idiota. No sabes lo que me cuesta pedir perdón —admito.

—Sí lo sé, y por eso lo valoro. Acostúmbrate a que te mimen —añade besando la punta de mi nariz.

—Alicia, yo…

Otra vez esas dudas.

Al notar mi nerviosismo, toma mi mano entre las suyas, entrelazando nuestros dedos. Sonríe antes de volver a hablar.

—Estoy aquí para ti, pero tienes que dejarme estar. No me apartes de ti. Si tienes dudas podemos hablarlo, simplemente no tomes decisiones por tu cuenta, sin contar conmigo para nada. Me gustaría ver si lo que hay entre nosotras puede funcionar, pero me lo estás poniendo muy difícil, supongo que lo sabes, ¿verdad?

—Lo sé —suspiro.

—Por cierto, creo que Claire se merece también una disculpa, aunque supongo que esa te va a resultar aún más difícil —expone alzando las cejas.

—Joder, debo volver al trabajo.

—Claire y el resto de tu equipo ya se están ocupando de todo. Ha llamado hace un rato. Habló con el proveedor ese que os había fallado y han realizado un envío urgente. La mercancía llegará esta tarde —anuncia—. Así que deja que la gente se ocupe de ti por una vez. Yo diría que están haciendo un buen trabajo.

—Claire… Claire está despedida —mascullo.

—No hay testigos de eso, ni papeles firmados, así que a todos los efectos sigue trabajando para ti —bromea—. Si quieres que te prepare otra sopa de pollo casera, más te vale que le pidas disculpas. Un "lo siento" bastaría.

Meneo la cabeza divertida ante su comentario, dándome cuenta de que he sido una idiota. Tirando de su brazo, Alicia cae sobre mí en la cama. Besa mi frente, se acurruca a mi espalda en la cucharita más perfecta que recuerdo y por primera vez en mi vida, no siento la urgencia de salir corriendo a ninguna parte. No hay ningún otro lugar en el que prefiera estar ahora mismo. Estoy justo donde quiero estar.

Quizá, así es como se siente el amor.

Capítulo 11

Alicia

—Buenos días, mi bella Sidney, ¿qué tal esa siesta? —pregunto con una exagerada reverencia como si fuese algún personaje de la Edad Media.

—Hola —suspira.

—¿Hola? ¿Eso es todo? —bromeo mientras me llevo una mano al corazón con un gesto dramático.

Sidney sonríe encogiéndose de hombros, pero la tristeza parece haber regresado a sus ojos.

—¿Qué te ocurre? ¿No te encuentras bien? —inquiero, tumbándome junto a ella en la cama.

—No es nada, de verdad.

—No sé por qué no te creo. Sabes que puedes contarme cualquier cosa, ¿verdad? —insisto.

Sidney se pasa una mano por la nuca, abre la boca un par de veces como si quisiese decir algo, sin que las palabras lleguen a salir de su garganta.

—¿Y si te doy unos bombones que he preparado solo para ti?

—No vale, conoces mi punto débil. No puedes utilizar el chocolate para negociar —se queja.

—¿Me lo vas a contar?

—Primero los bombones.

—Ya veo que eres una dura negociadora —bromeo—. Voy a buscarlos.

Cuando regreso, Sidney está sentada en la cama y golpea el colchón varias veces con la mano, haciendo un gesto para que me siente junto a ella.

—Esos bombones —ordena, colocando la palma hacia arriba.

—Abre la boca y cierra los ojos —susurro.

—¿Tengo que fiarme?

—Tú verás.

Sacude la cabeza divertida, pero hace lo que le digo y el pequeño gemido de placer que emite en cuanto coloco el primer bombón en su boca me hace estremecer.

—¿Eso significa que te gusta?

—Acabo de tener un orgasmo culinario —confiesa entre risas—. Son increíbles.

—Ahora, ¿me vas a contar lo que te ocurre? —insisto.

—A ver, la cosa es así. La Navidad no es precisamente mi época favorita del año. Has elegido malas fechas para acercarte a mí, cualquier otro mes del año habría sido más fácil. Lo siento —admite.

Parpadeo sorprendida y guardo silencio mientras ella se lleva otro bombón a la boca y parece elegir las palabras que dirá a continuación.

—Sé que a todo el mundo le encanta la Navidad y todo eso, pero para mí siempre ha sido...dura, por decirlo de algún modo —reconoce mientras se chupa algo de chocolate derretido que se ha quedado en su dedo índice.

—Tómate tu tiempo —susurro al ver que le cuesta seguir adelante.

—Por culpa de los grandes almacenes, mi familia no celebraba la Navidad, planificaban la temporada alta de ventas. Una gran parte de los ingresos se concentran en estos días y todos los recuerdos que tengo de las Navidades es ver a mi padre muy estresado, gritando por cualquier tontería o hablando de cifras económicas durante la cena.

—¿Y eso incluso cuando eras una niña?

—Iba a un colegio privado y...

—Ya, sorpresa —interrumpo poniendo los ojos en blanco de manera dramática.

—¿Puedes no cortarme? —protesta—. Mientras todas mis compañeras iban de viaje, yo tenía que estar en casa sin hacer ruido. Mi padre se ponía como una fiera tan solo por un susurro en esas fechas.

—Si te sirve de consuelo, yo nunca me iba de viaje tampoco —le aseguro.

—Ahora entiendo que mucha gente no viaja en Navidad, pero por aquel entonces ese colegio privado era todo lo que conocía y yo era la única que se quedaba. De todos modos, no es de lo que me quejo, es de la ausencia total de felicidad en mi casa. No era una época de celebración, sino de tensión —explica.

—Eso sí tiene que ser jodido. Yo tengo muy buenos recuerdos de las Navidades cuando era niña, y eso que no teníamos dinero para hacer nada especial —reconozco acariciando su brazo izquierdo con suavidad.

—La única que me daba cariño era mi abuela, pero murió cuando yo tenía siete años. A partir de ese momento, nada. Ni felicidad, ni besos, ni abrazos. Regalos sí, muchos, pero los regalos no sirven para nada sin amor, eso te lo puedo asegurar. Se pensaban que podían sustituir el cariño por muchos paquetes que abrir el día de Navidad y eso no me hacía feliz. Mucho menos ahora que sé que esos regalos eran, en realidad, muestras gratuitas que le daban los distintos proveedores del centro comercial a mi padre.

—¡Joder!

—Solía fantasear con cómo serían las Navidades en una familia normal. Veía películas en la televisión, muy bajito para no molestar a mi padre y me maravillaba con las escenas que salían montando en trineo, haciendo muñecos de nieve, sentándose a hablar en familia frente al fuego—. Esboza una sonrisa forzada que no llega a sus ojos y se encoge de hombros con indiferencia—. Para mis padres siempre se trataba de productividad y rendimiento. El amor era algo superfluo.

—Vaya, lo siento —suspiro envolviéndola en un tierno abrazo.

—Las cosas no mejoraron a medida que cumplí años. En todo caso fueron a peor. Cualquier logro nunca era suficiente. No importa lo mucho que me esforzase, siempre era poco para mis padres. Y ahora… ahora creo que me estoy convirtiendo en mi padre sin apenas darme cuenta —admite con un gesto de dolor.

—Joder, Sidney. Eso no va a ocurrir. Te mereces algo mejor. Las Navidades no son cuestión de dinero, sino de alegría y amor. De celebración.

—Me temo que no creo en esas cosas —replica.

—Lo sé, pero mi misión será hacerte cambiar de opinión. Estas van a ser tus mejores Navidades —le aseguro, levantándome de la cama con rapidez.

Al poco rato, aparezco de nuevo en el dormitorio portando una caja de cartón entre los brazos.

—¿Qué es eso? —pregunta confusa.

—¡Que dé comienzo la operación "milagro navideño" —grito haciendo un gesto dramático en cuanto dejo la caja sobre la cama.

—¿Guirnaldas y adornos? —se sorprende Sidney.

—Vamos a decorar toda la casa. Las dos —puntualizo.

—Todavía estoy muy débil —protesta poniendo los ojos en blanco—. ¿Esto es realmente necesario?

No me molesto en responder, le guiño un ojo y me encojo de hombros mientras empiezo a vaciar la caja y a colocar su contenido sobre la mesa. Sidney menea la cabeza divertida, entornando los ojos.

Pronto, estamos colocando por toda la casa guirnaldas, un árbol de plástico que se inclina hacia un lado porque hemos puesto demasiadas bolas, un Nacimiento con figuras hechas a mano en México que tengo desde que era una niña.

—Debo admitir que tu locura navideña es un poco contagiosa —bromea Sidney, dejándose caer en el sofá cuando terminamos.

—Ahora me vas a ayudar a preparar unas galletas en el horno —anuncio.

—Sabes que esto es demasiado cliché, ¿verdad? —protesta cuando selecciono una playlist de villancicos en el móvil.

Pronto, las dos estamos cubiertas de harina y me rio al verla intentar cantar uno de los villancicos en un tono completamente desafinado.

—Eres una idiota —susurra, colocando las manos en mi cintura y empujándome contra la encimera para besarme—. Gracias por todo esto, ha sido… maravilloso, supongo —admite.

—Todavía no has visto nada —respondo—. No pararé hasta que cantes villancicos mientras duermes.

—¿Tienes preparadas más cosas?

—Una película navideña. La Navidad no sería Navidad sin una película de esas de Hallmark.

—No lo dices en serio —tercia alzando las cejas.

—Totalmente en serio —susurro—. Es la tradición. Si no lo haces, puede que vengan los espíritus de las Navidades pasadas, presentes y futuras a visitarte, y no será agradable. Te lo advierto.

Sidney trata de protestar, pero pronto se tumba en el sofá, su cabeza apoyada en mi muslo como una improvisada almohada, besando mi mano cada vez que le acaricio la mejilla o el lateral del cuello.

—¿Recuerdas algo de las Navidades con tu abuela? —pregunto, colando una mano por debajo de su pijama.

—Muy poco. Tenía siete años cuando murió. Me acuerdo de que hacíamos galletas y luego me llevaba a ver ballet. Pero no mucho, la verdad, solo que era feliz junto a ella.

—Yo echo mucho de menos a la mía —confieso con un suspiro.

Sidney se abraza a mi pierna mientras peino su melena entre mis dedos o beso su cabeza de vez en cuando.

—Esto está muy bien —reconoce.

—Lo está —admito.

Nos quedamos en silencio y la película se convierte tan solo en un ruido de fondo. Solo escucho su respiración pausada, siento el calor de su cuerpo, una llamarada en cada punto que hace contacto con el mío, y el tiempo parece detenerse por unos instantes.

—Quizá podría aficionarme a esto de pasar la Navidad contigo si siempre va a ser así —musita mientras me sonríe y se coloca un mechón de pelo detrás de la oreja.

—¿Recuerdas que hace unos días te envié un mensaje prometiéndote un baño relajante si venías? —le pregunto al tiempo que acaricio su mejilla con el reverso de la mano.

—Sí, lo siento, yo…

—Shh. Sería una pena no aprovechar las bombas de baño que compré para esa ocasión. Hoy parece el día perfecto para mimarte un poco más —le aseguro con un guiño de ojo.

Capítulo 12

Sidney

—¿Ya puedo entrar? —inquiero temblando de anticipación.

En cuanto me acerco al cuarto de baño, el sonido del agua al llenar la bañera me llama como si fuese un canto de sirena. En general, el apartamento de Alicia es bastante pequeño, pero esa bañera… Puf, prefiero no preguntarle si eligió la casa por su tamaño.

Asomo la cabeza por la puerta entreabierta y la encuentro inclinada, comprobando la temperatura del agua. Hilos de vapor comienzan a formarse a su alrededor y un dulce aroma a lavanda se extiende por todo el baño.

—Bonito culo —exclamo, dándole un cariñoso azote.

—Llegas justo a tiempo. Tu baño está listo —ronronea con un guiño de ojo que podría derretir el mismísimo Polo Norte.

Mientras comienzo a desnudarme, el aire, todavía fresco, roza mi piel, aunque la mirada que Alicia me dedica es suficiente como para que todo mi cuerpo se encienda.

—¿Te gustan las vistas?

Alicia sonríe, mordiendo el labio inferior, y juro que cada vez que hace ese gesto necesito un cambio de ropa interior. Recreándome unos momentos más en su mirada llena de deseo, me sumerjo poco a poco en la bañera y un suspiro de placer se escapa de mis labios a medida que el calor del agua me envuelve.

—¿Vienes? —propongo, extendiendo mi mano.

—Ya pensaba que no me lo ibas a preguntar —protesta Alicia alzando las cejas.

Y ahora soy yo la que suspiro al ver cómo se queda desnuda frente a mí. Joder, tiene un cuerpo perfecto. El tono de su piel, la forma de sus pechos, los pezones. Sus caderas. Todo. Si tuviese que elegir una sola cosa no sabría con cuál quedarme.

—Esto es justo lo que necesitaba —le aseguro.

Alicia se coloca detrás de mí y, mientras me apoyo en su cuerpo desnudo, acaricia con los dedos de los pies mis gemelos.

—Desde luego, sabes cómo conseguir que una mujer se sienta especial —reconozco.

El contacto de sus muslos pegados a los míos es mucho más de lo que puedo soportar y empiezo a estar tan excitada que estoy a punto de darme la vuelta y abalanzarme sobre ella.

—Inclina la cabeza hacia atrás, deja que te lave esa preciosa melena —susurra junto a mi oído, consiguiendo que se me ponga la carne de gallina.

Hago lo que me dice y pronto noto sus manos masajear mi cabeza con champú, sus movimientos suaves y circulares. Joder, es tan relajante que se me escapa un pequeño gemido.

—Parece que te está gustando —sisea antes de morder cariñosamente el lóbulo de mi oreja.

—Es... es increíble. No quiero que se acabe —admito con un largo suspiro mientras cierro los ojos y me relajo.

—Ya está limpio y brillante —anuncia tras pasar la ducha un buen rato sobre mi pelo.

Ni siquiera contesto. No abro los ojos, simplemente echo la cabeza por completo hacia atrás, mi espalda pegada a sus pechos mientras recorre lentamente mis brazos con la punta de los dedos consiguiendo hacerme temblar.

—Me mimas demasiado.

—Te mereces que te mimen. Deberías dejar que lo haga más a menudo y no ir de mujer fría cuando en el fondo no lo eres —tercia, deslizando los dedos por el contorno de mis pechos.

Creo que se da cuenta de que se me acelera la respiración y retira sus manos, sonriendo cuando dejo escapar un soplido de desesperación.

—Mejor con un poco de jabón —susurra, vertiendo un generoso chorro de gel sobre mis pechos.

Aprieto sus muslos al sentirlo caer, dejando las uñas ligeramente marcadas en su piel. El contraste entre el frío del gel y el calor del agua es tan sumamente excitante que no creo que pueda aguantar mucho más.

Un nuevo suspiro mientras me enjabona el cuello y los hombros, deshaciendo nudos que ni siquiera sabía que tenía. Mi estado de excitación se incrementa con cada uno de sus movimientos. Recorre mis muslos, antes de subir por su interior y acercarse peligrosamente a mi sexo, para a continuación retirarse.

A la siguiente vez que sus dedos recorren el interior de mi muslo, atrapo su mano y la llevo directamente al centro de mi excitación.

—No puedo más —confieso con un largo suspiro.

Giro el cuello y me entrego en un maravilloso beso. La necesito, necesito a esta mujer a mi lado. Apago gemidos contra su boca al tiempo que ella coloca las manos en mis caderas, tirando de mí hasta que ya no queda ni un milímetro de separación entre nuestros cuerpos.

Me ladeo, buscando sus pechos, endureciendo sus pequeños pezones entre mis dedos, fundidas en una sinfonía de gemidos tan solo rota por el chapoteo del agua de la bañera.

—Sidney —jadea y esa sola palabra transmite océanos de pasión y deseo.

El mero hecho de escuchar mi nombre en un sensual jadeo aviva las llamas. Nos besamos de nuevo y gime contra mi boca al sentir mis dedos rozar su sexo. Separa las piernas, invitándome a entrar y el maravilloso gemido que se escapa de su garganta cuando lo hago, el modo en que arquea la espalda y cierra los ojos, me parece de un erotismo sublime.

—¡Fóllame! —suspira—. Te necesito dentro de mí.

Y esa invitación es música para mis oídos. La penetro con mis dedos despacio, acariciando el clítoris con mi dedo pulgar mientras ella me abraza con fuerza, moviendo las caderas para recibirme.

—¡Joder, sí! —masculla mientras enraíza los dedos en mi melena.

Alza una de sus piernas para apoyarla en el borde de la bañera, deshaciéndose en gemidos mientras incremento el ritmo y curvo ligeramente los dedos hasta que deja escapar un grito de placer, jadeando junto a mi oído mientras recupera la respiración.

—Ha sido… increíble. Una maravilla —admite buscando aire—. Ahora, creo que tengo un asunto pendiente contigo —bromea mientras me indica que apoye la espalda en sus rodillas y alce las caderas.

Hago lo que me pide, no demasiado convencida de que no vaya a perder el equilibrio en cualquier momento, pero cuando coloca las manos en mis nalgas y atrae mi sexo hasta su boca, pronto cualquier duda se disipa.

Dejo escapar un grito ahogado al sentir su lengua recorriéndome con lentitud, deslizándose desde el perineo hasta mi clítoris. Deteniéndose sobre él para volver a hacer el mismo recorrido una vez más. Y a partir de ese instante, ya no hay más palabras, tan solo gemidos, jadeos, suspiros, mientras Alicia parece darse un festín con mi sexo a juzgar por su nivel de excitación.

Balanceo las caderas, frotándome con su lengua, sus labios o incluso el roce de sus dientes, temblando mientras me recorren oleadas de placer hasta que ya no puedo soportarlo más y dejo escapar un orgasmo maravillosamente intenso y largo.

Alicia me sostiene en cuanto mis rodillas empiezan a ceder, sus manos en mis nalgas, sin separar la boca de mi sexo durante un sinfín de pequeños espasmos de placer.

—Ya, ya. Por favor, Alicia —suplico cuando no puedo soportarlo más.

Me coloco a horcajadas sobre ella, nos abrazamos y el mundo entero se reduce a ese momento. Todo desaparece a nuestro alrededor, tan solo queda el calor de su piel desnuda, nuestra respiración agitada, suspiros primarios de placer y un delicioso olor a lavanda.

Capítulo 13

Sidney

—¡Despierta dormilona!

Alicia entra en el dormitorio como una exhalación, subiendo las persianas para que entre la luz.

—¿Qué hora es? —pregunto con un largo bostezo.

—¡Venga levántate! —insiste, tirando del edredón—. Pensaba que siempre madrugabas mucho.

Abro la boca para responder, pero en lugar de palabras me sale una sonrisa tonta. Es cierto que suelo ser muy madrugadora, en cambio, los tres días que llevo en casa de Alicia no hago más que dormir. Los dos primeros puede que fuese por la fiebre y el cansancio acumulado, pero ¿ahora? Estoy llena de energía y aun así, a su lado duermo como un bebé.

—¿De qué sorpresa hablas? —inquiero tratando de ajustar los ojos a la luz—. ¿No puede esperar unas horas más?

—No, arriba, arriba —insiste.

Aprovecha para tumbarse encima de mí y hacerme cosquillas y pronto, el sueño es tan solo un recuerdo.

—Espero que sea una sorpresa espectacular —protesto de camino al cuarto de baño.

—Te va a encantar. Espabila, voy haciendo café para las dos.

Tres cuartos de hora más tarde, bien cargada de cafeína y ataviada con un grueso abrigo y un gorro de lana, caminamos de la mano por las bulliciosas calles hasta que me percato de la supuesta sorpresa.

—Ah, no, no. Ni de coña. No pienso hacer el ridículo —protesto, deteniéndome en seco y negando con la cabeza.

—No seas idiota.

—Que no —me quejo—. Encima hay empleados del centro comercial con sus familias. Ni loca pienso hacerlo.

—Razón de más para que les muestres a la verdadera Sidney. ¿Por favor?

Puede que sea la mirada de cachorrito abandonado que me pone o el tono en ese "por favor". Lo cierto es que me sorprendo a mí misma pidiendo unos patines de mi número ante el asombro de la persona que se encarga de alquilarlos.

—No es necesario pagar por el alquiler de los patines, jefa, su empresa ya paga por todo esto —afirma, señalando con el dedo la pista de hielo.

A Alicia mi nerviosismo le debe parecer muy divertido, a juzgar por la sonrisa de oreja a oreja que no se borra de sus labios.

—No sé patinar, idiota —confieso, pegándome a ella y bajando la voz.

—La mitad de los que están ahí tampoco saben —replica—. Espera, tu centro comercial lleva años montando esta pista. La recuerdo desde que llegué a Nueva York siendo una niña. ¿Nunca has patinado en ella?

—Es solo publicidad, ya sabes cosas del Departamento de Responsabilidad Corporativa para que la gente nos vea con buenos ojos y compre más —le explico entre susurros—. La gente me mira.

—Normal, eres la dueña y la mitad de los que están aquí son empleados tuyos.

—Se van a reír, joder —protesto sin entender por qué Alicia sigue insistiendo.

—No lo harán. Como mucho se reirán contigo, no de ti. Esto te hace más humana. Tú piensa que estás en una de tus campañas de marketing.

—Te juro que me las vas a pagar —le aseguro—. No vas a follar en un mes.

—Calla y coge mi mano —grita.

Con miedo, suelto una mano de la barandilla mientras mantengo la otra fuertemente agarrada. Alicia hace gestos de desesperación, insistiendo en que me suelte del todo y siento clavados en mi nuca todos los pares de ojos de la pista de hielo.

—Joder, me voy a caer —protesto agarrada de su brazo mientras trato de avanzar con pasos cortos e inseguros.

—No te preocupes, no te dejaré caer —agrega con un guiño de ojo.

Sonríe, supongo que trata de darme ánimos, pero mis tobillos parecen de plastilina y se tambalean como las patitas de un ciervo recién nacido.

Alicia patina suavemente hacia atrás, manteniéndome firme mientras doy mis primeros pasos.

—¡Eso es! ¡Estás patinando! —exclama—. ¿Quieres intentar dar una vuelta completa?

—Vale, pero ni se te ocurra soltarme.

Casi al terminar la vuelta, me siento orgullosa de mis progresos, incluso me permito sonreír, pero, de repente, mis patines se cruzan y pierdo el equilibrio. Grito y agito los brazos, adelantando el impacto contra el hielo, aunque antes de que me caiga, Alicia me rodea con sus brazos, manteniéndome en pie.

Acabo pegada a ella, mi boca a centímetros de la suya. Su mirada llena de pánico hasta que empieza a reír. Es una risa auténtica, pegadiza, de esas que se contagian. Rio yo también, aunque la mía dura poco porque parte de los allí presentes empiezan a aplaudir y a vitorear, obligándome a forzar una sonrisa de agradecimiento para enmascarar la vergüenza.

—Te juro que me las vas a pagar —mascullo.

—No seas tonta. Has ganado un montón de puntos con tus empleados. No tienes que ser la mujer perfecta en todo momento. Esta tarde, tus vídeos casi cayendo de culo estarán en todos los grupos de mensajes de la empresa y rodando por Tiktok. Tendría que haberte dejado caer del todo —bromea mientras me lleva hasta la salida.

***

—¿Ya se te ha pasado el enfado? —inquiere Alicia con un chocolate caliente en la mano.

Se sienta junto a mí en el sofá y extiende la mano para entregarme la taza.

—¿Y bien?

Entorno los ojos, tratando de hacerme la ofendida, pero el calor de la taza me reconforta. Eso y que he recibido varios mensajes de miembros de la Junta Directiva y del director de marketing felicitándome por mi iniciativa. Aseguran que los índices de aceptación de la empresa han subido y que debo repetir más acciones de ese tipo, aunque eso no se lo pienso confesar a Alicia. Todavía conservo la dignidad.

—Tengo que pedirte una cosa —susurra, apoyando la cabeza en mi hombro.

—No pienso hacer más el ridículo por hoy —le advierto.

—No es eso. Y hoy no has hecho el ridículo. Todos los años en esta fecha trabajo como voluntaria en un centro comunitario. Es el el barrio donde viví varios años cuando mis padres emigraron desde México. Me gustaría que me acompañases.

—Define trabajo de voluntariado. No quiero sorpresas —indico.

—Básicamente, entregar regalos a un montón de niños de familias latinas sin recursos, que de otro modo no recibirían nada por Navidad. Los regalos ya están comprados, no te costará nada. Solamente los vamos a entregar.

—¿Dónde es eso?

—En East Harlem.

—Ah, no, no. Ni loca. ¿Tú quieres que no salgamos con vida de allí? —protesto muy seria, negando con el dedo índice frente a su cara.

—Sidney. Yo crecí en ese barrio. Viví en él durante doce años. No son delincuentes, son familias humildes y trabajadoras. Muchos han venido a los Estados Unidos en busca de un futuro mejor para sus hijos —explica con la mirada triste.

—Perdón —suspiro—. Supongo que he metido la pata.

—Un poco sí.

—Está bien, te acompaño —indico bajando la voz, aunque sigo sin estar nada convencida—. ¿A qué hora le digo a mi chofer que prepare la limusina?

—Nada de limusinas. Vamos en metro —tercia Alicia—. Ahora es cuando me dices que nunca te has montado en el metro, ¿no?

—Sí que he montado, lista—rebato en tono triunfal.

—¿Ah sí?

—¿Recuerdas la expansión de la línea Q con sus tres nuevas estaciones en la Segunda Avenida? ¿En las calles 72, 86 y 96? Yo estuve en su viaje inaugural en 2017, con el alcalde y otros empresarios y políticos. Así que ya ves, sí que me he subido al metro.

Alicia se lleva una mano a la frente al tiempo que le entra un ataque de risa, aunque para ser sinceros, no acabo de comprender qué le hace tanta gracia.

—Hoy vas a montar en el metro de verdad. Sin el alcalde —anuncia inclinándose hacia mí para besar mis labios.

Y dicho y hecho, media hora más tarde estamos en un vagón lleno de gente que se balancea hacia todos los lados. Desde luego, una experiencia muy diferente a mi primer viaje en este medio de transporte.

—Para mí significa mucho que hayas querido venir —asegura cuando entramos en el centro comunitario.

Le devuelvo una sonrisa tensa, aunque mi incomodidad va en aumento. Debí prestar más atención a las clases de español en el colegio, porque no entiendo nada de lo que me dicen. Aun así, trato de hacerlo lo mejor posible en un puesto de manualidades, rodeada de una interminable cola de niños pequeños y con Alicia como traductora.

—Sabes que no muerden, ¿verdad? —bromea Alicia.

—Soy niñofóbica. Los niños me ponen muy nerviosa, son impredecibles —confieso.

—A mí me encantan —suspira con una sonrisa.

Y debe ser verdad porque junto a ellos, parece en su elemento natural. Sonríe, les abraza, gasta bromas. Es maravilloso ver cómo en un momento se ha hecho con los pequeños.

Pero la sonrisa se borra pronto de mis labios cuando una pequeña criatura tira de la manga de mi jersey.

—¿Me ayudas a pintar una tarjeta de Navidad? —pregunta en un inglés entrecortado, sus grandes ojos negros muy abiertos.

—¡Límpiate primero esos mocos! —propongo, sacando del bolso un pañuelo de papel.

La niña sonríe y coge el pañuelo para sonarse la nariz, aunque Alicia me lanza una mirada tan gélida que podría congelarme.

—Toma —continúa la niña, devolviéndome el pañuelo.

—No, no, para ti. Deja, no hace falta que me lo devuelvas —anuncio haciendo un gesto de asco.

Reconozco que empiezo con muy pocas ganas, pero pronto, su entusiasmo me desarma y me sorprendo a mí misma decorando una tarjeta navideña con mucha más purpurina de la que sería necesaria, para alegría de la chiquilla que insiste en que todavía pongamos un poco más.

—Muchas gracias. Eres muy buena —exclama, extendiendo los brazos para rodear mi cuello y darme un beso en la mejilla con algunas babas, pero que me deja el corazón derretido.

—¡Guau! —se asombra Alicia—. Ahora tienes cola para pintar tarjetas de Navidad—agrega, señalando a todos los niños que tengo alrededor.

Sonrío encogiéndome de hombros. Y, mientras estoy sentada en el suelo, pintando de purpurina una tarjeta tras otras con esos pequeños, me doy cuenta de lo feliz que soy en estos momentos.

Quizá no sea tan malo dar sin esperar nada a cambio.

Capítulo 14

Alicia

—¿Estás lista para una nueva aventura? —pregunto en cuanto salimos del centro comunitario.

—¿Más aventuras? ¿No llevamos unas cuantas por hoy?

Trata de protestar, pero en el fondo sé que lo está deseando. Sus ojos brillan cuando bajamos las escaleras de la estación del metro y la sonrisa en sus labios… puf, esa sonrisa no tiene precio.

—Ya te acostumbrarás al olor —le aseguro al ver que arruga la nariz ligeramente.

Creo que ni siquiera me escucha. Se detiene frente a unos bailarines de break dance que dan vueltas bocabajo a la espera de que alguien les deje unos dólares. A su lado, dos sin techo se resguardan del frío de la calle en un banco, mientras unos veinte metros a la derecha, un hombre de unos sesenta años toca el violín. Todo parece nuevo para Sidney. Abre los ojos de par en par, maravillándose con un mundo bajo tierra que no conocía.

—Es como si debajo de la ciudad de Nueva York existiese otra ciudad completamente distinta —susurra mientras esperamos.

Un estruendo a lo lejos indica que se acerca nuestro metro. Línea 6 con destino a Brooklyn. Sidney se inclina con impaciencia en cuanto el tren se detiene, deseando subirse al vagón incluso antes de que el silbido de los frenos hidráulicos cese.

Por suerte, ya ha pasado la hora punta y conseguimos dos asientos. Cojo su mano entre las mías mientras lo observa todo con atención, un caleidoscopio de la vida urbana de Nueva York que, pese a haber nacido y crecido en la ciudad, ella se ha perdido. Adolescentes escuchando hip hop, tres ancianas hablando en chino entre ellas, una mujer que no levanta la vista de su libro.

Señala con el dedo los grafitis que adornan parte de una de las estaciones. Cantos a los distintos barrios, rimas libres, dibujos, mensajes crípticos que solo sus autores entienden.

—¿Ya hemos llegado? —pregunta en cuanto el metro nos deja en la estación de Brooklyn Bridge – City Hall. Yo diría que incluso está decepcionada de que el viaje haya sido tan rápido.

La puesta de sol derrama su luz anaranjada cuando salimos del metro, bañando los arcos del puente de Brooklyn con un precioso color dorado.

—Hemos llegado justo a tiempo para un paseo romántico por el puente —anuncio, señalando con la barbilla hacia nuestro siguiente destino.

Cogidas de la mano, nos adentramos en el paseo peatonal para atravesar el puente. Lo he recorrido un montón de veces, pero, por algún motivo, hoy parece mágico. El skyline de la ciudad de Nueva York se alza ante nosotras. Las torres de acero y cristal brillan en un tono carmesí mientras un grupo de gaviotas revolotean en busca de comida, sus graznidos llamando la atención de los transeúntes.

—Es tan distinto verlo así —suspira Sidney, deteniéndose para apoyar su frente sobre la mía.

—Siempre lo has visto desde el asiento de atrás de una limusina, ¿no?

—Sí —reconoce, cerrando los ojos y asintiendo lentamente con la cabeza.

Abandonamos el puente en la zona de DUMBO, con sus calles adoquinadas y sus almacenes convertidos en boutiques.

—¿Te apetece un paseo a caballo?

—¿Aquí? —pregunta sorprendida.

—En los caballitos, idiota —indico señalando el viejo carrusel construido en 1922—. Por favor, al menos dime que tus padres te traían aquí de pequeña.

—Me llevaron alguna vez a Disney en París —suspira—. Bueno, ellos se quedaron en París haciendo negocios y yo fui con la niñera, pero aquí nunca —admite.

—Dos entradas —solicito sin pensar.

Ya sobre un caballo blanco con crines doradas, Sidney parece disfrutar más que las niñas pequeñas que nos rodean. Incluso da algún saltito como si le hubiese subido el azúcar.

—Ha sido increíble —confiesa al bajarse.

—Espero que el paseo a caballo te haya abierto el apetito, aquí hacen unas de las mejores pizzas de Nueva York.

El delicioso olor de las pizzas cocinadas en un horno de piedra satura nuestros sentidos en cuanto nos acercamos a la Pizzería Juliana. Allí compartimos una pizza para llevar de Pepperoni con extra de mozzarella, que degustamos sentadas en un banco con vistas al puente de Brooklyn.

—Esta pizza está a otro nivel —admite, entornando los ojos.

—Tú sí que estás a otro nivel. Me encanta lo que disfrutas de cosas que podrías hacer literalmente cada día —bromeo.

Sidney no responde. Su mirada se torna algo melancólica y apoya la cabeza en mi hombro mientras sus ojos se pierden en la lejanía.

—Gracias, ha sido un día maravilloso —sisea después de un buen rato en silencio.

—Lo ha sido —repito como una adolescente enamorada.

—¿Y esa miradita? —bromea.

—Puf, sé que es muy pronto, pero empiezo a estar bastante pillada por ti —confieso.

—Si te sirve de consuelo, yo también —reconoce con un susurro antes de besar mis labios.

—Quería preguntarte una cosa. Lo he estado pensando todo el día y no encontraba el momento adecuado para sacar el tema —interrumpo, tratando de que mi voz no se quiebre por los nervios.

—Tú dirás.

—¿Vamos a…? —hago una pausa para reformular mi pregunta—. En la cena de fin de año del centro comercial, ¿vamos a ir como pareja?

Sus ojos se abren con sorpresa y se me queda mirando fijamente.

—Alicia Martínez, ¿quieres que vayamos a la cena de fin de año de mi centro comercial como una pareja formal?

—Eso es lo que acabo de decir.

—¿No sería demasiado oficial? —pregunta, dibujando unas comillas con sus dedos al pronunciar la última palabra.

—Supongo. Bueno, las cosas van genial entre nosotras. Las dos estaremos en esa cena y…

—No. Lo siento, pero no —interrumpe con sequedad.

—¿Qué?

—No, Alicia —insiste.

—Pero, pensé que estábamos juntas, no sé, en plan más serio, no solo sexo y…

—Y lo estamos, pero esto es diferente. Ya habrá tiempo para ir juntas a esa cena. El año que viene, quizá, o el siguiente. Este año es demasiado pronto. Todos mis empleados estarán allí, yo estaré presidiendo la mesa principal, los periódicos van a sacar fotos…

—Te avergüenza que te vean conmigo, ¿es eso? —inquiero mordiendo el interior de mi labio hasta sentir el sabor de mi propia sangre.

Sus palabras me golpean como una tonelada de ladrillos. Suelto su mano de inmediato, temblando, tratando de procesar las duras palabras. Debí suponerlo. No soy suficiente para su mundo. No puede aparecer en su maravillosa cena de gala y sentarse en la mesa principal junto a una inmigrante Mexicana. ¿Qué les diría a sus amigos millonarios?

—No me avergüenza que te vean conmigo, cariño, es solo que es demasiado pronto —insiste, colocando dos dedos bajo mi barbilla en un intento de que gire la cabeza para mirarla.

—¡Déjame! —exclamo, apartándola de un manotazo—. Creí que eras diferente, pero veo que no.

—Alicia, por favor, yo…

No la escucho, ni siquiera la miro. Me levanto y doy unos pasos en dirección a la parada de metro. Trata de detenerme, pero es en vano. Bajo las escaleras con prisa, secando lágrimas llenas de rabia y decepción.

Al adentrarme en el vagón, todo mi mundo se tambalea. Pensé que teníamos algo de verdad. Imaginé una vida junto a ella. Yo no quiero su dinero ni su posición. No deseo sus privilegios. Se lo he repetido un millón de veces. Pero parece que Sidney De Sallow se considera demasiado como para estar junto a una mujer que vende bombones de chocolate en su centro comercial.

Capítulo 15

Alicia

Odio estar aquí.

Joder, no quiero. Preferiría estar en cualquier otro lugar menos en este sitio. Si no fuese porque Rosa me ha literalmente arrastrado, no habría venido.

Mi corazón se rompe una vez más al observar la elegante invitación que descansa en mi mano; sus letras doradas en relieve sobre un papel de esos que pesan. Sidney se ha asegurado de que incluso la invitación, grite a voces "aquí hay dinero".

Me masajeo las sienes, como si eso pudiese aliviar el dolor de cabeza que me tortura desde que discutimos frente al puente de Brooklyn.

—Pareces un caballo de tanto resoplar —bromea Rosa, pegándome un codazo—. Anímate, seguro que encuentras a alguien mejor —añade, apretando ligeramente mi hombro.

Prefiero no responder. Es hablar de Sidney y mis ojos se llenan de lágrimas. No quiero estropear el maquillaje.

—Mírate, estás preciosa. Como una princesa de los cuentos. Aquellas chicas no te quitan ojo —insiste.

—Ojalá tuviese un hada madrina que me sacase de esta mierda de sitio como por arte de magia —me quejo.

—Deja de protestar, ha venido media ciudad —indica Rosa, señalando con la barbilla hacia la cola para entrar en el comedor que Sidney ha reservado.

—¿Nombre? —pregunta un camarero elegantemente vestido con una larga lista en su mano.

—Alicia Martínez.

Mi voz se quiebra al decir mi nombre y, por un instante, quiero darme la vuelta y huir.

—Mesa veintidós —dice el hombre en tono aburrido. Seguramente, él también preferiría estar en cualquier otro lugar esta noche.

—Ahí está nuestra mesa —anuncia Rosa, llevándome por el codo hasta un rincón parcialmente oculto por un árbol de Navidad enorme.

Ni siquiera tengo que mirar las tarjetas que indican el resto de los comensales de nuestra mesa para darme cuenta de que nos han sentado lo más lejos posible del prestigio. Está claro que los pequeños empresarios que alquilamos alguno de sus locales somos indignos de respirar el mismo aire que Sidney De Sallow o de la gente importante que se sienta junto a ella en la mesa presidencial.

—Al menos luego hay barra libre. Pienso beber el equivalente a mi sueldo de un mes —bromea Rosa, aunque yo apenas la escucho.

Sé muy bien que ni siquiera litros de alcohol me servirán de consuelo esta noche, porque allí está ella, haciendo su entrada triunfal. Deteniendo el tiempo. Girando todas las miradas.

—¡Joder! —susurra Rosa.

Y es que el vestido negro que ha elegido parece fluir sobre su cuerpo como si fuese metal líquido. Y esos hombros al descubierto, esas clavículas que he besado tantas veces, son demasiado para mí. Hasta la jodida gargantilla de piedras preciosas que lleva puesta parece llamarme a voces para que acaricie su cuello.

—¡Qué mierda, joder! Está increíble —suspiro.

—Sí, bueno, no es difícil estar guapa cuando te puedes gastar más de lo que ganamos en un año entre el vestido de diseño y la peluquería. Ya no hablo de las joyas —protesta Rosa al ver que empiezo a ponerme mala.

Asiento lentamente con la cabeza, incapaz de apartar la mirada, mientras Sidney habla con un hombre con un enorme bigote y una barriga aún más grande. Sonríe, pero esa sonrisa no llega a reflejarse en sus hermosos ojos azules.

Y, de repente, esos mismos ojos en los que me he perdido tantas veces se desvían. Cruzan la sala hasta mi mesa, como si percibiese mi mirada y, por un instante, el tiempo se detiene. El bullicio de las conversaciones, el tintineo de las copas, todo se desvanece. Es como si se los hubiese tragado el vacío y todos mis sentidos se centran en ella.

Mierda. Esta noche va a ser demasiado dura.

—¡No! —murmuro para mí misma, apretando los puños mientras desvío la mirada.

No.

Yo no soy más que un sucio secreto para ella. No me considera suficiente como para estar a la altura de las grandes fortunas de Nueva York. Se avergüenza de que la vean conmigo, con una inmigrante Mexicana que se gana la vida haciendo bombones de chocolate.

Y su nombre en boca de un compañero me devuelve a la realidad.

—Apuesto a que la Sidney esa ha recortado los sueldos de sus empleados para comprar los pendientes de brillantes —refunfuña —. Puta zorra.

—Pero ¿tú de qué coño hablas, imbécil? —chillo sin poder evitarlo.

La mesa me mira con sorpresa, aunque la primera sorprendida soy yo misma.

—Todo el mundo lo sabe. Le importamos una mierda, solo somos instrumentos para ganar más millones —añade una chica a mi lado.

—Ni siquiera la conocéis —protesto.

Por suerte, antes de que pueda seguir hablando o acabe a tortazos con alguien, Rosa coge mi mano y la aprieta, tirando de mí para separarme unos metros de la mesa.

—¿Qué se supone que haces? —inquiere alzando las cejas en cuanto estamos lo suficientemente alejadas—. Sé que aún sientes algo por ella, pero no hace falta que te pongas a defender a la reina de hielo de tu ex. La van a estar insultando toda la noche y solo va a empeorar en cuanto rueden las botellas de vino, así que ya te puedes ir relajando.

—Odio a la gente que juzga sin conocer —suspiro.

—El hecho de que se avergüence de ti y no quiera que la vean a tu lado ya dice mucho de ella, ¿no te parece? —me recuerda Rosa—. Por favor, intenta no discutir con todos nuestros compañeros de mesa.

Por mucho que me duelan sus palabras, por mucho daño que me haga escuchar a sus empleados hablar mal de ella, sé que Rosa tiene razón. Me enamoré del lado tierno y vulnerable de Sidney. Una parte de ella que tan solo es capaz de mostrar en privado. Cuando llega la hora de la verdad, proteger su imagen es más importante que sus sentimientos.

—Te mereces algo mejor —asegura Rosa, apretando ligeramente mi hombro antes de hacerme una seña para que volvamos a la mesa.

Pestañeo varias veces en un intento de contener las lágrimas y observo de nuevo a esa mujer deslumbrante que ha roto mi corazón en mil pedazos.

—Lo sé —suspiro—. Pero sigo queriéndola.

Capítulo 16

Sidney

Observo mi reflejo en el espejo mientras Claire me ayuda a ajustar la gargantilla de mi abuela. Me costó decidirme, lo reconozco. Por unos momentos, estuve tentada a llevar el colgante con azabache mexicano que me regaló Alicia, pero Claire insistió una y otra vez en que quedaría mucho mejor con una vestimenta más informal, no para una cena de gala.

—Estás preciosa, jefa —asegura mi asistente personal, encontrando mi mirada en el espejo.

Sonrío, pero es un gesto vacío. Sé que esta noche no seré yo. Simplemente, interpretaré un papel al que ya estoy más que acostumbrada. Seré Sidney De Sallow, heredera de los Grandes Almacenes De Sallow, los principales de la ciudad. Implacable mujer de negocios, caminando intocable por encima de mis empleados. Pero no seré Sidney, la mujer, esa que solamente Alicia conoce.

Con un largo suspiro, aliso el vestido y me dedico una última mirada en el espejo. La gala anual de Año Nuevo de los grandes almacenes de mi familia ha sido siempre una obligación para mí, desde que era una niña. Pero este año será diferente, este año me partirá el corazón asistir a ella.

—La limusina está a la puerta —anuncia Claire.

Asiento con la cabeza y echo un rápido vistazo a mi apartamento con vistas al Central Park. Los adornos navideños que Alicia se empeñó en que colocase me parecen ahora una reliquia del pasado. El eco de una vida más simple que, durante unos días, imaginé que podría tener.

Fuera del restaurante se ha desplegado una alfombra roja. Los flashes de las cámaras parpadean mientras la élite de Nueva York se pavonea frente a la multitud. La gala de fin de año de los Almacenes De Sallow es un evento para dejarse ver. Mantengo la cabeza alta, la espalda estirada, evitando el contacto visual con la prensa mientras llaman mi nombre.

La gargantilla de piedras preciosas de mi abuela parece fría contra la piel desnuda de mi cuello. Aprieto en mi mano el collar que me regaló Alicia, "tiene propiedades mágicas, trae buena suerte a quien lo lleve" me dijo aquel día.

Las fuertes luces del comedor me ciegan los ojos mientras entro del brazo de un viejo inversor, una de las grandes fortunas del país, que me mira en un modo que me produce arcadas.

—Estás deslumbrante esta noche —exclama.

Me esfuerzo por ser amable y suelto sutilmente su brazo para dirigirme a la mesa presidencial, donde espera un cartel con mi nombre en letras doradas.

—Sonríe —me recuerdo a mí misma mientras los camareros ofrecen bebidas y aperitivos, aunque sonreír es lo último de lo que tengo ganas.

Recuerdo las palabras de mi padre cuando era una niña. "Sonreír siempre que alguien te mire. Reír cuando sea apropiado. Asentir a las historias aburridas." Ya he interpretado ese papel demasiadas veces, pero esta noche la máscara que llevo puesta pesa más que nunca.

Oteo el enorme salón, observo la marea de invitados elegantemente vestidos en busca de la única persona a la que de verdad quiero ver. Esa que ha sabido vislumbrar más allá de mi disfraz.

—Pareces distraída esta noche —masculla el socio principal de un conocido despacho de abogados—. ¿Va todo bien con la cifra de ventas navideñas?

—Tan solo estoy cansada. Ya sabes que es una época de mucho trabajo para nosotros —disimulo, aunque no consigo desviar la mirada de la mesa de Alicia, casi escondida al fondo del comedor. ¿Por qué la han colocado tan lejos?

La mentira me sabe amarga, pero ¿cómo explicar que me siento una persona miserable en estos instantes? Se supone que soy el centro de atención, gente muy importante ha hecho un hueco en su agenda para estar en esta gala de fin de año. Y yo desearía estar en el pequeño apartamento de Alicia, acurrucada con ella en el sofá mientras vemos una tonta película navideña.

Me odio cada minuto por dejar que mi miedo y mi orgullo la alejasen de mí.

—Prueba uno de estos bombones, Sidney —propone el accionista principal de una petrolera—. Esa nueva tienda que han puesto en tu centro comercial es una maravilla. He comprado cincuenta cajas para regalar estas Navidades.

Y es escuchar que menciona los bombones de Alicia y mi pulso se acelera.

—Son los mejores bombones del mundo —suspiro y una sonrisa tonta se dibuja en mis labios.

Antes de que pueda hacer ningún otro comentario, Claire aparece detrás de mí.

—Todo está listo para el discurso —susurra, apoyando una mano en mi hombro.

Con una sonrisa, me disculpo y trato de alejar mis pensamientos de Alicia Martínez mientras me preparo para tomar la palabra. Como ocurre cada año, un educado aplauso llena la sala. Para estas personas soy Sidney De Sallow, cabeza visible de un imperio empresarial que ya construyó mi abuelo. Nadie conoce a la mujer que durmió estos días en la cama de Alicia, desnuda y vulnerable.

Me acerco al micrófono, dispuesta a soltar el habitual discurso enlatado que ha preparado mi departamento de publicidad y relaciones públicas. Hablaré una vez más sobre el sacrificio, la alegría de la Navidad y el éxito de la empresa.

—Buenas noches y bienvenidos un año más —comienzo.

Sin embargo, al contemplar el mar de rostros impasibles que se extiende ante mí, al comprender que esperan el mismo discurso de siempre y, sobre todo, que lo suelte rápido para proseguir con la cena, mi corazón se rebela.

Algo hace clic dentro de mí.

Estoy cansada.

Me agota ponerme cada día esta careta, fingir ser una persona que no soy. Yo no soy mi padre, ni mi abuelo. Yo soy Sidney. Sí, puede que lleve el apellido De Sallow, para lo bueno y para lo malo. Pero eso no me obliga a ser alguien que no quiero ser.

Por impulso, me alejo del pequeño escenario y me dirijo hacia la mesa donde Alicia me mira con los ojos muy abiertos. Escucho cómo los murmullos se extienden por toda la sala, pero en cuanto me detengo ante ella y cojo sus manos, todo sonido se desvanece.

—Lo siento mucho —susurro, aunque ni siquiera me doy cuenta de que llevo el micrófono enganchado al vestido y mis palabras suenan amplificadas en toda la sala.

Alicia me observa con la boca abierta, sin decir nada.

—Estos días a tu lado he sido más feliz de lo que he sido jamás. Soy una imbécil por preocuparme por lo que piensen los demás cuando mi corazón tan solo piensa en ti. ¿Puedes perdonarme? ¿Puedes acompañarme esta noche como deberías haber hecho desde el principio?

—Sidney… el micrófono —suspira señalando hacia el pequeño aparato que está amplificando mi disculpa por los altavoces.

Doy un rápido vistazo a la sala y apenas puedo definir la expresión de la mayor parte de las personas. Es una mezcla de sorpresa, diversión… comprensión…alegría.

—Ya me da igual —admito, negando con la cabeza y encogiéndome de hombros.

Ante mi sorpresa, Alicia se levanta y, sin previo aviso, besa mis labios. Un sonido ahogado se extiende entre los invitados. A continuación una sucesión de vítores y aplausos. Y, por primera vez, aparezco ante ellos siendo yo misma. Ya no ven a la mujer escondida tras una careta, interpretando un papel que su familia ha elegido para ella. Ven a la verdadera Sidney De Sallow.

Con el corazón en un puño, conduzco a Alicia de la mano hasta el pequeño escenario y tomo la palabra, acallando el murmullo de los invitados.

—Buenas noches de nuevo, y siento la interrupción —saludo con voz más fuerte y clara que antes.

Un sonoro aplauso se extiende por toda la sala y tengo que esperar unos segundos para continuar.

—Pido disculpas por el inusual comienzo del discurso de esta noche, pero estamos en Navidad, se supone que debo hablar de la magia de esta época del año y para mí, es importante reconocer a la mujer que me ha enseñado el verdadero significado de la magia de estas fiestas. O del amor —suspiro y siento que se me pone roja hasta la punta de las orejas.

Los ojos de Alicia se humedecen al mencionarla ante un público que tan solo ha conocido la versión más fría de mí. Una persona que ni soy, ni quiero volver a ser.

Por primera vez en toda mi vida, no sigo un discurso ya redactado. Sale del corazón. Hablo de renovación , de perdón, de abrazar el espíritu navideño y tu verdadero ser. De la alegría, de la familia.

La respuesta no son los educados aplausos a los que estoy acostumbrada, sino una auténtica ovación cuando Alicia se acerca a mí para secar las lágrimas que ruedan por mi mejilla y darme un beso lleno de ternura.

—Ha sido precioso —me asegura, acariciándome con el reverso de su mano.

Y cuando bailamos abrazadas en medio de la pista, ya no quedan caretas ni papeles que interpretar. Somos solo

Sidney y Alicia, dos mujeres que comparten un momento mágico.

Alicia apoya la cabeza en mi hombro y suspira. Y las luces se difuminan, los invitados desaparecen y una felicidad extraña recorre todo mi cuerpo.

—Lo siento mucho —me disculpo.

—Cállate —susurra tapando mi boca con su mano.

Coloco los dedos debajo de su barbilla para que nuestras miradas se encuentren y, en la suya, leo una promesa silenciosa. La promesa de un futuro lleno de risas e intimidad. De besos y abrazos. De momentos mágicos.

—Gracias por recordarme quién soy de verdad —siseo junto a su oído.

—No quería venir —reconoce—. Pero ahora mismo, la noche es perfecta. No puedo pedir nada más.

—A mí solo me gustaría ver la cara de mi madre cuando se entere mañana —confieso entornando los ojos.

Y mientras la música se desvanece, nos miramos y sonreímos. Sobran las palabras. Puede que nuestra historia acabe de comenzar, pero es un inicio cargado de ilusión y esperanza.

Sobre todo, de amor.

Otros libros de la autora

Tienes los enlaces a todos mis libros actualizados en mi página de Amazon.

Si te ha gustado este libro, seguramente te gustarán también los siguientes: (Y por favor, no te olvides de dejar una reseña en Amazon o en Goodreads. No te lleva tiempo y ayuda a que otras personas puedan encontrar mis libros).

Trilogía Hospital Watson Memorial

Pueden leerse de manera independiente. Comparten algunos de los protagonistas y el hospital con el libro que acabas de leer.

"Doctora Stone"

"Doctora Torres"

"Doctora Harris"

***

"Las cartas perdidas de Sara Nelson"

"Destinos cruzados"

"Tie Break"

"El café de las segundas oportunidades"

"La escritora"

"Nashville"

Milton Keynes UK
Ingram Content Group UK Ltd.
UKHW041332141124
2853UKWH00034B/214